紫式部の言い分

岳　真也

はじめに

日本人ならたいてい、「紫式部」そして『源氏物語』の名を知っているでしょう。とはいえ、

「紫式部って、どんな人？」

「源氏物語って、どういう話？」

と問われたら……。

もしかすると、日本通の外国人のほうがよく理解していて、しっかりと説明してくれるかもしれません。なぜなら『源氏物語』は現在、三十以上の言語に翻訳され、出版されているからです。

紫式部が生きた時代（平安時代中期＝十世紀後半）に、「文学的に優れた長篇小説を見いだせ」と言われたら、世界中をさがしたとしても、源氏物語よりほかに思いあたる作品はないのです。

一千年以上もまえに日本の一女性が書いた「光源氏の物語」は、書かれた当初から書写されつづけ、絵巻物にもなって、ひさしく伝えられてきました。

さらに、近代から現代にかけては、さまざまな作家たちによって、現代語訳されています。与謝野晶子、谷崎潤一郎、円地文子、瀬戸内寂聴など、数えあげたらキリがないほどです。

そうした著名な作家たちを魅了し、自分なら現代語でどう表現するか、という誘惑にかられる物語。それが『源氏物語』なのです。

もちろん、それらの本の読者も多く、私自身は高校時代、面白くない授業の間に（こっそりと）、「晶子源氏」を全巻、読んでしまいました。最近、改めてわが師でもある寂聴訳の「源氏」も読みました。

また、だいぶまえのことですが、私が主宰していた同人誌主催の文芸講座で、故三枝和子氏の「源氏物語と平安朝の風俗」といった内容のレクチャーがありました。そこでの話も面白く、はっきり記憶にとどめています。

それは、平安朝といえば、男性優位な社会で、男女交際の面でもそう思われがちだけれど、じつはちがう、というものです。

「要するに、通い婚ですからね。光源氏でもだれでも、初めは女性の住む家に通う……それで女性の側としては、相手の男が帰ってしまったら、極端な話、はい、つぎの方、どうぞって、そんなことまで成り立ったわけです」

むしろ「女性上位」の社会だった、というのです。

はたして真相は、どうなのでしょうか。

源氏物語にはたくさんの謎があり、作者の紫式部にも、ずいぶんと謎めいたところがあります。

紫式部が「光」に「自分の思い」を託したなど、私には広い意味での「私小説」のようにも感じられます。

そういうことは本文中でも、いろいろと明かしていくつもりですが、さて、その紫式部の実態は？……おそらく、彼女にも彼女なりの「言い分」があったにちがいありません。

まぁ、ひとつ、それをじっくり聞いてみようではありませんか。

目次

第五章　初出仕、女房となる

第六章　藤原道長は「ソウルメイト」

第七章　『源氏物語』を「私小説」として読む①

第八章　『源氏物語』を「私小説」として読む②

【紫式部の家系図】

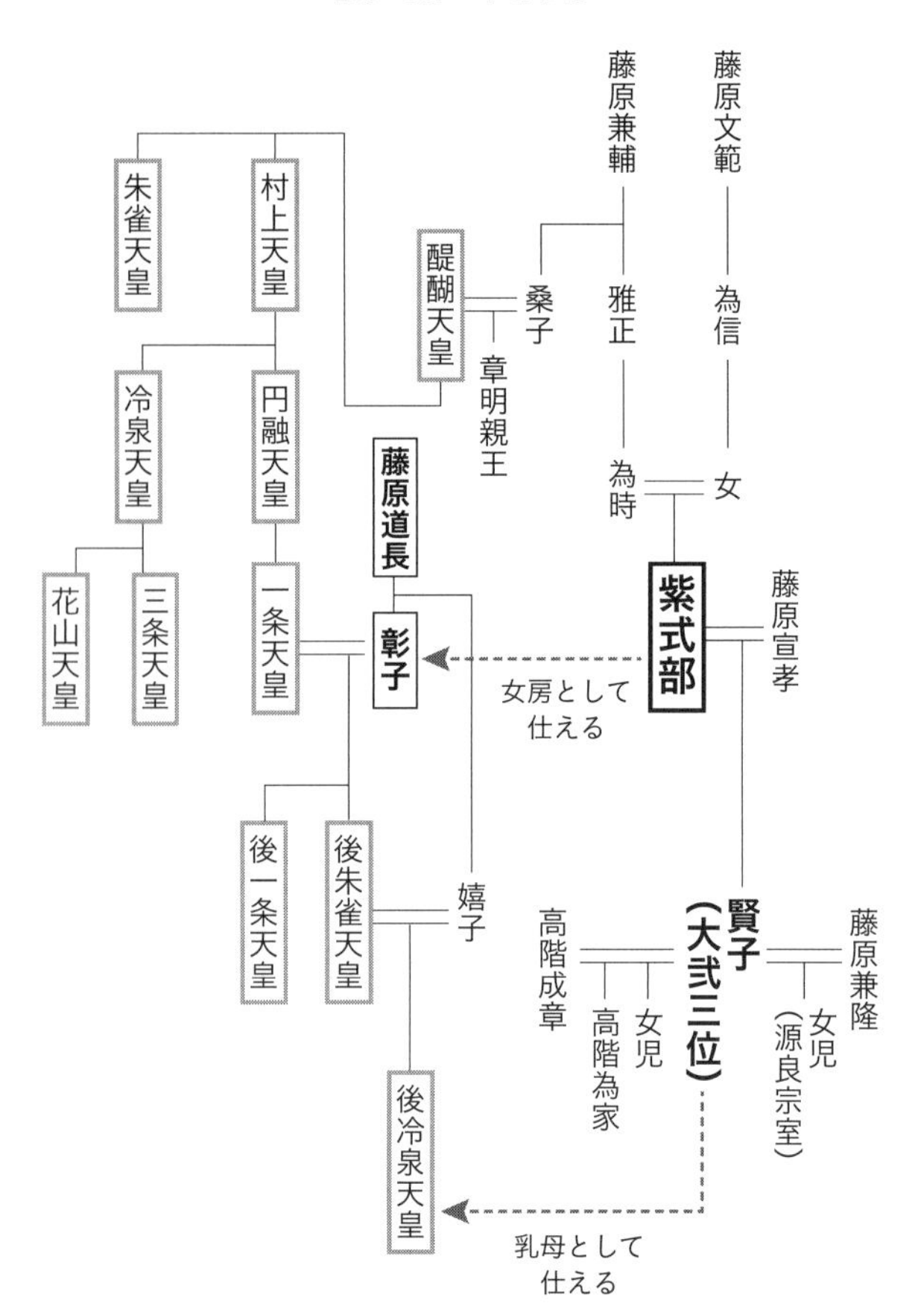

藤原文範
為信
女
藤原兼輔
雅正
為時
桑子
醍醐天皇
章明親王
朱雀天皇
村上天皇
冷泉天皇
円融天皇
花山天皇
三条天皇
一条天皇
藤原道長
彰子
紫式部
女房として仕える
藤原宣孝
賢子(大弐三位)
藤原兼隆
女児(源良宗室)
高階成章
女児
高階為家
後一条天皇
後朱雀天皇
嬉子
後冷泉天皇
乳母として仕える

【紫式部の生涯】

年	年齢	
天禄元年（970年）ごろ	1歳	誕生
長徳２年（996年）	27歳ごろ	父の赴任地、越前に向かう
長徳４年（998年）	29歳ごろ	春ごろ帰京し、秋ごろ結婚
長保元年（999年）	30歳ごろ	長女賢子（大弐三位）誕生
長保３年（1001年）	32歳ごろ	夫と死別し、 『源氏物語』の執筆を始める
寛弘２年（1005年）末	36歳ごろ	宮中に上がり、 藤原彰子に仕える
寛弘３年（1006年）始	36歳ごろ	いったん里に帰る
寛弘３年（1006年） ５月ごろ	37歳ごろ	宮中に復帰する
寛弘５年（1008年）	39歳ごろ	『源氏物語』が評判になる
寛弘７年（1010年）	41歳ごろ	『源氏物語』完成、 『紫式部日記』の執筆を始める
長和２年（1013年）	44歳ごろ	このころ宮仕えを辞する？
寛仁３年（1019年）	50歳ごろ	この年以降に死去。諸説あり

第一章 紫式部の生い立ちと少女時代

出自と生家

紫式部の生年は諸説ありますが、天禄(てんろく)元年～天元(てんげん)元年、西暦にすると九七〇～九七八年ごろではないかと言われています。

「諸説の差が九年もある」となると、あやふやで疑わしく思ってしまいますが、当時の女性の名前や生まれ年、亡くなった年などの記録は、ほとんど残っていないのです。記録が残されていたとしても、天皇家の子女のような、ごく限られた女性たちだけでした。

わりと確実性が高いのは、天延(てんえん)元年（西暦九七三）です。『源氏物語の謎』（三省堂選書）の著者・井伊春樹氏は、兄の藤原惟規(のぶのり)の生年から推(お)して、そう記していますし、平安朝史の大家たる角田文衛氏も各著で、そのように表記しています。

また、「兄ではなく、弟だった」という説もありますが、けっこうな「オシャマさん」とおぼしき幼いころの紫式部が、そのかたわらで父の講義を聞いてしまう、といった逸話からしても、私は断然、「兄者(あにじゃ)」説を支持します。

ですから、本書も基本、天延元年の生まれということで、話を進めていきたいと思います。

彼女は貴族の娘ではあったのですが、紫式部の父親は、さほど位の高い貴族ではなく、受領（ずりょう）階級の貴族でした。「受領」とは、

「お上（かみ）から、いずこかの領地（地方）の差配権をあたえられる」

との意味で、いわゆる国司（こくし）をつとめる階級です。

今日で言うなら、知事か市長、といったところでしょうか。

まぁ、それでも庶民からすれば、偉い人にちがいはありません。が、貴族社会では、天皇のそばで仕え、政治の中枢に身をおくことが、エリートの証（あか）しなのです。

つまりは、中間管理職とでも申しましょうか、紫式部の父親は非エリートの貴族＝下級貴族というわけです。

名前は藤原為時（ためとき）。「藤原」と聞けば、平安時代ではかなりの家柄と思われるでしょうが、藤原氏にはさまざまな家系があって、奈良時代には南家（なんけ）、北家（ほっけ）、式家（しきけ）、京家（きょうけ）の四氏

に分かれています。

平安時代中期になって、北家の藤原良房が清和天皇の外戚となったことで、摂政の役職に就き、実権を握ったのです。

為時も藤原北家の出ではありますが、良房の弟・良門の系統だったため、主流の藤原摂関家とは大きく差のついた地位に甘んじなければなりませんでした。

ただ、為時の祖先には有名歌人が輩出し、為時みずから歌も詠みますし、優れた漢学者だったのです。

曾祖父と賀茂河畔の邸宅

紫式部の兄・惟規は子どもの時分から、父親に漢籍を教えられていました。彼らの家では、学問で身を立てていかなければ、出世はおぼつかなかったのです。でもそれは、男子の話であって、「女子は漢籍を学ぶものではない」というのが平安時代の常識でした。

ところが、兄のすぐそばで、父の教えを聞いているうちに、妹の式部のほうが、漢籍のイロハを覚えてしまう。やがては、かなりの「漢学通」になっていきます。

「ああ、娘よ。おまえが息子であったらなぁ」

それが父・為時の嘆きであり、口癖であったようです。


ここで、紫式部の父方の家系について、簡単に触れておきます。

何となれば、紫式部が育った家の環境は、彼女の父方の祖父――曾祖父の力が大きく影響しているからです。

紫式部の曾祖父・藤原兼輔(かねすけ)は、文人として名を残した人で、従三位中納言(じゅさんみちゅうなごん)の位まで出世し、「三十六歌仙の一人」にあげられるほどの有名な歌人でした。

漢学・和歌の両方に長(た)けていて、当時の醍醐(だいご)天皇の信任すこぶる篤(あつ)く、「『聖徳太子伝略』上下巻をまとめあげた」と言われています。

その兼輔は京極(きょうごく)賀茂川の河畔に邸宅をつくり、邸内に賀茂川の水を引きこんで、四季豊かな風情のなかで暮らしていたそうです。当時の人びとは彼のことを「堤中納言(つつみちゅうなごん)」とよび、尊敬の眼差しを向けていました。

紀貫之や大江千里など当代きっての歌人たちが、兼輔の邸宅や山荘につどい、歌会など、雅な交流をくりひろげました。

兼輔は、彼ら歌人たちのパトロンだったのです。

さらに兼輔の娘・桑子は、更衣と称される女官として、醍醐帝のそば近くに仕えていました。更衣とは、天皇夫人である皇后・中宮・女御より下位で、その名のとおり、「帝の衣裳をととのえ、身支度を手伝うのが勤め」ですが、帝の眼にとまることも多く、気に入られた場合は閨によばれ、側室のような扱いを受けたのです。

この「更衣」という役職名は、『源氏物語』序盤の重要なキーワードにもなりますので、ぜひ覚えておいてください。

話をもどします。

紫式部は、「先祖の兼輔が著名な歌人であった」ということを、たいそう誇りに思っていたようです。京師随一の教養人であった兼輔の屋敷には、多くの漢書や和歌集などが残されていました。紫式部の祖父や父は、歌人・文人の家門であることを意識し、そ

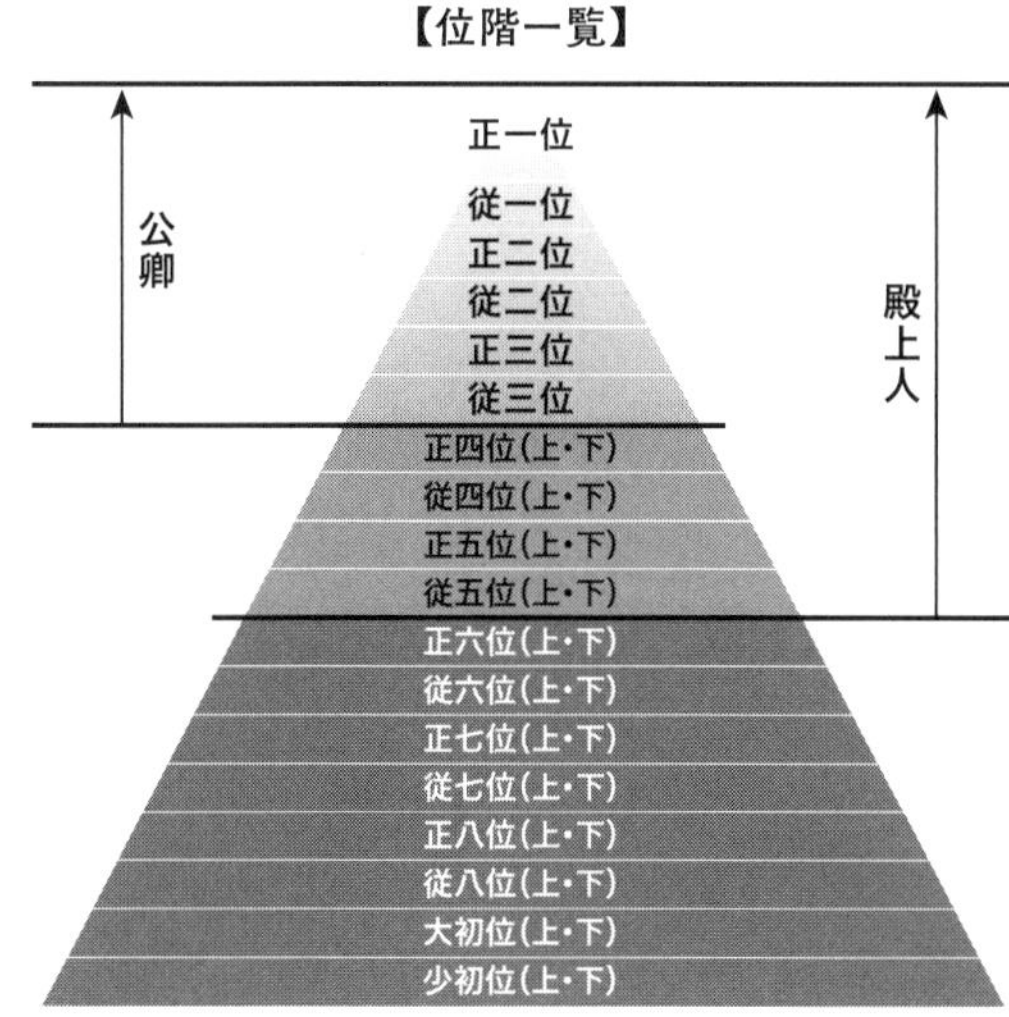

のぶん懸命に勉学に励んだにちがいありません。

当然のことながら、賢い少女であった紫式部は、多くの書物にかこまれた環境のなかで、しっかりと教養を身につけていきました。

しかし、兼輔の代につくられた風趣あふれる邸宅は、為時の代にはどうなっていたでしょうか。

紫式部の曾祖父・兼輔は従三位中納言でしたが、祖父や父は、「従五位(じゅごい)の受領階級」にしかなれませんでした。

しかも、です。

紫式部の父・為時は越前守(えちぜんのかみ)に任ぜら

れるまえは、十年間も無役の身の上でした。ということは、実入りがとぼしく、賀茂河畔の優雅な邸宅を、美麗に維持できるほどの財力はありません。

おそらく庭には雑草が生い茂っていたでしょうし、建物もさぞや傷んでいたでしょう。わるい言い方をすれば、「落ちぶれた貴族の屋敷そのものだった」可能性があります。

紫式部は、和歌などの作品を理解しはじめた少女時代に、先祖の文芸面での栄光の歴史と、零落してしまった家門のわびしさを、ひしひしと感じていたと思います。

亡き母と姉への思慕

何かを失うことへの不安と落胆は、思春期のだれもが経験する繊細な感情です。紫式部は他に増して鋭敏な感覚で、そんな自分の心のあり様を、とらえていたのかもしれません。

紫式部は二、三歳のころに母親を亡くし、その三年後に祖母を亡くしていますが、母との思い出は、ほとんどなかったようです。

紫式部の母親は藤原為信の娘と伝えられますが、どのような人であったかという記録はありません。為時と結婚し、三人の子を産んだのち、この世を去ってしまったのです。紫式部は次女であり、末っ子。兄（惟規）と姉がいたことになります。

なお、紫式部の本名は「香子」と推察されていますが、確証はありません。天皇家の近親者など、よほどのトップ階級は別として、女性の名は公には使われず、父や夫の役職名にちなんだ名称で通していたようです（紫式部の場合は、父が「式部卿」）。

母の死後、父・為時は再婚しておらず、家族は父と兄と姉だけで、「父子家庭」ということになります。

身のまわりの世話をする女房（侍女）などはいたでしょうが、あくまでも他人ですから、紫式部は、「母親の無償の愛を受けることなく、育った」ことになります。

母とは何か。母の子にそそぐ優しい眼差しとは、どういうものか……紫式部はきっと、想像のなかで、憶えのない母への思慕をつのらせていったのではないでしょうか。

その人生のいろんな局面で、紫式部は、

「いま、ここに母がいたら、どうするか。どう言うか」

と考えたはずです。

母の不在――幼児期に覚えたその喪失感は、計り知れないほど重く、大きかったろうと思います。


一つか二つしか歳のちがわない姉は、紫式部にとって、母代わりとなるような存在でした。何でも話せる相手であり、ときには甘えることも出来たでしょう。

その姉はしかし、紫式部が二十歳（はたち）を少しすぎたころに、亡くなってしまいます。

心臓麻痺のようなかたちで、ふいに不幸に見舞われたのか、流行（はやり）の疫病にでもかかったのか、原因は不明です。が、突然死であれ、病気になり、徐々に衰えていったとしても、紫式部の哀しみは、相当に深かったにちがいありません。

幼い時分に祖母と母を失い、少女期をともにすごし、ずっと頼りにしていた姉とも死に別れたのです。

「これから、ひとりぽっちで、どうやって自分は生きてゆくのだろう」

思い悩み、打ちひしがれた紫式部の姿が、眼に浮かぶようではありませんか。

少女から女へ

ところが、ここで一つの「出逢い」があるのです。

姉の死後、紫式部は一人の友を得ます。その人は妹を亡くした女性でした。

ふたりの手紙の交換のなかで、紫式部は表書きに「姉君へ」と記し、相手は紫式部への手紙の表書きに「中の君（妹）へ」と記していたのです。

おたがいに失った人の代わりを求め、慰めあったのでしょう。

二人の間には、いくつかの「相聞歌（そうもんか）」が残されています。

相聞歌と言えば、ふつう、男女間のものですが、まれに男と男、女と女――同性同士の文通というか、歌の交換があり、私などはやはり、そこに一種の「同性愛」的なものを感じてしまいます。

ここで、「中の君」こと紫式部と「姉君」との歌のやりとりを少し、見てみましょう。

※以下『紫式部集』の原文は『紫式部集』(南波浩校注/岩波書店)に拠る。

まずは相手の女友達「姉君」からのものです。

露ふかく　おく山里の　もみぢばに　通へる袖の　色を見せばや

それに応えての紫式部の「返歌」。

嵐吹く　遠山里の　もみぢ葉は　露もとまらん　ことのかたさよ

さりげない歌ではあるけれど、ここには、そこはかとなく惹かれあうふたりの姿、雰囲気が見てとれます。

ただし、何度か現実に会ってはいるようですが、たぶん、肌の触れ合い、といったものはなかったでしょう。

この二人の関係は、何やら、亡きペギー葉山の唄った『学生時代』の歌詞を思い出させます。

ミッション系の女学校が舞台となっているのでしょう。（付属の教会の）ろうそくの灯火に輝く十字架を見つめて、手を組みながら、うつむいている友人。

その美しい横顔　姉のように慕い
いつまでも変わらずにと　願った幸せ

そう、のちに「女房づとめ」をしたときにも、「ちょっと怪しい関係かな」と思わせる女性が登場しますが、レズビアン的な傾向が紫式部にはあり、それが彼女の婚期を遅らせた理由の一つかとも考えられます。

当時は、藤原道長の娘・彰子（しょうし）のように、十二歳で入内（じゅだい）（帝のもとに嫁ぐ（とつぐ））した女性もいたくらいで、結婚適齢期は十六、七くらいでしょう。

紫式部はこのとき二十代半ばで、いわば「行き遅れ」てはいたのです。

ともあれ、それほど慕っていた「姉君」とも別れのときが来ます。

次章で述べる予定ですが、紫式部は父・為時の赴任に伴い、みずからも越前へ向かいます。同じころ、「姉君」も肥前(ひぜん)の国に向かうことになり、じつに、その遠方の地で生命(いのち)を失ってしまうのです。

別れにあたり、ここでも二人は歌をかわしています。


「姉なりし人亡くなり、又、人の妹(おとと)うしなひたるが、かたみに行きあひて、亡きが代りに、思ひかはさんといひけり。文(ふみ)の上に、姉君と書き、中の君と書き通はしけるが、をのがじしとほき所へ行き別るるに、よそながら別れおしみて」(詞書(ことばがき))

北へ行く　雁(かり)のつばさに　ことづてよ　雲の上がき　書き絶えずして

返しは、西の海の人なり。

行きめぐり　誰も都に　かへる山　いつはたと聞く　ほどのはるけさ

紫式部には、さらに大きな「出逢い」と「別れ」がつづいて起こりますが（次章）、まさに、「会うは別れのはじめ」なのではありましょう。

第二章　越前へ

父・為時の赴任

長徳二（九九六）年の秋、紫式部の父・為時が越前守に任ぜられたため、紫式部は父といっしょに京を離れました。父の身のまわりの世話をする必要があったのです。

為時は受領職でありながら、十年もの長きにわたって、無役の立場でした。それが少しまえに、淡路守（淡路島・沼島を治める国司）として赴任することになったのです。

淡路はしかし、「下国」であり、上級の国ではありません。そのことを不満に思った為時は、一条天皇に申し文（上奏書）を送り、おのれの心情を訴えたのです。なかの一節に、こういう漢詩があります。

「苦学の寒夜
紅涙襟を霑す
除目の後朝
蒼天眼に在り」

「紅涙」とは、悲しみのあまり流す血のような涙で、苦学をしている寒い夜、その涙が袖を濡らす、というのです。「除目の後朝」とは、除目——淡路赴任のお達しのあった翌朝のこと。その朝は失望のあまり、

「真っ青な空が眼に染みた」というのです。（『新日本古典文学大系　今昔物語集四』小峯和明校注／岩波書店・参照）

ほかにも文中には、漢籍の達人にしか書けないような言葉がたくさん、ちりばめられています。

その名文を読んだ一条帝は、さきの決定をおおいに悔いて、当時、朝廷の実権を握りはじめた藤原道長に、

「いま一度、よく検討するように」

と命じました。

そこで道長は、一思案。そして為時を、「大国」すなわち重要な地である越前の国司

に任じたということです。

ついでに、触れておきましょう。

律令制の施行細則について書かれた「延喜式（えんぎしき）」によれば、当時の日本の国々は広さ（面積）や人口、政治力、経済力などで、「大国、上国、中国、下国」の四つの等級（格）に分けられていました。

大国は第一等の国で、大和（やまと）・常陸（ひたち）・越前など十余ヵ国。上国は第二等で、山城（やましろ）・摂津（せっつ）など三十余ヵ国。中国は第三等で、安房（あわ）・若狭（わかさ）など十余ヵ国。下国は第四等で、伊賀（いが）・淡路・壱岐（いき）など九ヵ国です。

つまり当初、為時が国司に任命された淡路は最下級の国（下国）で、のちに変えられた越前は、上級の「大国」というわけです。

そのころ、宋の国から商船に乗った唐人七十余人が若狭（福井県南部）の湊（みなと）に到着していました。じつは、一条帝から話があったとき、漢籍に秀で、唐国（からくに）の事情にも詳しい為時を、故意に道長がえらんだのだ、と私は思います。

越前守となった為時は、さっそく宋の商船を越前の湊に移し、彼らを厚遇しました。さらに国司の館を訪問した唐人に、為時は漢詩二篇を贈ったのです。

漢語漢籍に熟達した為時だからこそ、この事態に対処できたと言えるでしょう。

為時を越前守に抜擢した藤原道長は、「適材適所の人事をおこなった」ということで、たいそう名をあげたそうです。

なぜ紫式部までが越前へ行くのか

さて、父に付きしたがって、越前に向かった紫式部は、二十代も半ばをすぎていました。

第一章でも触れたように、このころ、女性の結婚適齢期は十六、七歳でしたから、紫式部は若くはない。「婚期を逸(いっ)した」女性といえます。

それなのに為時は、そういう娘（紫式部）をなぜ、わざわざ自分の任地の越前へ伴っていったのでしょうか。

前項の冒頭部に、「父の身のまわりの世話をする必要」と書きましたが、亡くなった母以外にも、為時には数人の妻（愛人）がいました。でも、同じ屋敷に暮らしていたのは、紫式部の母だけだったのです。

当時は一夫多妻制で、基本的には夫が妻のもとをおとずれる「通い婚」です。まれに、「一妻多夫」のごとき場合もあり、紫式部の同僚・和泉式部がそうですが、これはのちに語りましょう。

ちなみに、正妻というのは、「所顕（結婚披露）をきちんとした妻のこと」で、『源氏物語』に主役級で登場する光源氏最愛の女性、紫の上と光源氏とは、その「所顕」をしておりません。それでも紫の上は、源氏の建てた屋敷にずっと住んでいました。

じっさい、通い婚ではなく、同居していた夫婦も少なからずいたようです。

紫式部の両親も、例の賀茂河畔の古く広い家に、子らなど皆して暮らしていたのですが、式部の母が亡くなったあと、為時は新しい妻を自邸には迎えていません。

当然、彼女らとは、「所顕はしていなかった」と考えられます。

紫式部の姉は二年前に亡くなり、兄の惟規は文章生として京に残らねばなりません。

そのため、越前に赴任してゆく為時をささえる肉親は、末っ子の紫式部だけだったのです。

彼女もしかし、当初は、いやいやながら父親に付いていったのではないようです。紫式部自身、京を離れ、見知らぬ地である越前へと旅立つという高揚感と、

「わたくしも、唐人たちに会えるかもしれない」

という好奇心（期待感）があったかと思われます。

けだし、ひとり紫式部ばかりではなく、当時の朝廷や貴族たちのあいだでは、「日本よりも進んだ国」として、宋（唐）を崇める気持ちが強かったのも事実です。

心残りが一つ

そうして越前へと旅立ってゆく紫式部ですが、心残りなことが一つ、ありました。それに関連して、興味ぶかい和歌が『紫式部集』に載っています。

その詞書は、こうです。

「方違へに渡りたる人の、なまおぼおぼしきことありとて、帰りにける早朝、朝顔の花をやるとて」

「方違へ」というのは、陰陽道による方位に関する風習です。

たとえば、訪問しようとする知人の家が北の方角にあったとします。ところが、北が忌むべき方角だった場合は、その方角に行くことが出来ません。

遠まわりでも、いったんは北西に向かい、どこかに泊まって、翌日に北東に向かうという、面倒なことをしていました。

「方違へに渡りたる」というのは、まさに中継地点である紫式部の（父の）屋敷に、ある人が方違えのために泊まったことを意味しています。「なまおぼおぼしきこと」とは、「何となく、はっきりしない行動」のこと。そしてその人が帰る早朝、朝顔の花を贈ろうとして、こう詠むわけです。

おぼつかな　それかあらぬか　明け暗れの　空おぼれする　朝顔の花

「明け暗れ」とは、「夜明け前のうす暗く、ぼうっとした様子」、「空おぼれする」とは「虚（そら）とぼけた風をする」。「朝顔」は、「朝帰りする顔」に掛けている。朝顔の花に「朝のとぼけた顔」を喩（たと）えているようです。

南波氏は歌の全体を、「男の、前夜のあやしき行動に対する皮肉と詰問の歌」と書いていますが、さて、どうでしょう。

前章で触れたように、紫式部には同性愛的な傾向があったようで、もしかしたら、この夜の相手は異性ではなく、実姉のように慕った友――「姉君」であったような気もします。

けれども、男性であることは濃厚で、すでにして二十五、六歳にもなった紫式部のこと、一度や二度は、異性とともに「朝を迎えた」経験があったかもしれません。

紫式部自身は「歌」でも「日記」でも、自分の容姿については、一切、書いておらず、どちらかというと、「他人に誇れるほどではなかった」という見方が多いのは確かです。

けれど、あれこれと読んで察するに、紫式部は、「飛びきりの美人ではないが醜女（しこめ）でもない」、いわゆる「十人並みの器量だった」のではないでしょうか。

正暦五（九九四）年に、たいへんな疱瘡の流行があり、大勢の日本人がこれに罹って亡くなったようですが、紫式部も罹患。さいわい軽症だったものの、他の多くの生存者と同様、顔にあばたが残ったようです。

それもしかし、気になるほどではない。そこそこの外見です。

ですから、一夜をともにすごす男性がいても、おかしくはありません。ただ、そういう相手は、そんなにたくさんはいない。

それどころか、私には、「その夜」をはじめとして、紫式部が愛した男は、「生涯、ただ一人であった」と思われてならないのです。

宣孝という男

紫式部は越前に行くまえ、ある男性から言い寄られていました。一つの「心残り」というのがそれですが、その人物の名は藤原宣孝。紫式部とは遠縁になります。

藤原宣孝は備後、周防、山城、筑前などの国司（受領）を経験、正五位下中宮大進の位でした。為時は同じ正五位下で、越前守ですから、似たような家格といえるでしょう。紫式部の父・為時から見ると、宣孝は従兄弟の子（従甥）になります。年齢も五つちがいで、為時のほうが年上。しかも、ふたりは花山天皇の代に六位蔵人として、いっしょに勤めていました。かつては、「職場の同僚だった」というわけです。

清少納言の『枕草子』のなかに、宣孝についてのエピソードが書かれています。

それは、こんな話です。

以前に宣孝は「御嶽詣」といわれる、吉野山の蔵王権現に詣でたことがあります。そのとき、宣孝は地味な浄衣姿ではなく、派手な衣裳で参拝した、というのです。

「地味な衣を着けよとは、つまらぬことではないか。御嶽の神さまが、さような戯れ言を申されるはずがない」

さらに、目立った格好でなければ、権現さまに見つけてもらえない、という理由を付けて、さまざまな色合いの装束で参拝したのでした。

当然のことながら、他の参拝者たちは驚き、あきれかえったそうです。

人とは異なったことをする宣孝の「自由奔放さ」を、うかがわせる逸話ではありませんか。

また、この話には続きがあって、宣孝が参拝してからまもなく、彼は「上国」である筑前守（ちくぜんのかみ）に任ぜられました。まさしく、「ご利益（りやく）にあずかった」ということでしょう。

紫式部も前述のエピソードを父・為時の口から聞かされるとか、あるいは『枕草子』の写本を介して、知っていたはずです。すでにして、この歳の離れた縁戚者に興味を抱いていたにちがいありません。

宣孝はたんに、「大きく年齢差のある色好みの男」という一括（ひとくく）りで説明できる人ではなかったのです。歌舞も得意で、賀茂祭（かものまつり）では「舞人（まいびと）」にもえらばれるほどの腕前をもっていました。

紫式部の父・為時が生まじめで偏屈な学者肌であったのに対し、宣孝は浮世離れしていて、面白みのある性格でした。そして女性にはおよそ小まめで、優しく接していたのです。

――と、ここまで書いたところで、斯界の大家・角田文衛氏の著書『紫式部とその時代』（角川書店）を読みかえしてみたら、面白いことが語られていました。

角田氏も、さきの「朝顔」の歌を取りあげて、相手を「宣孝」と推定しているのです。しかも氏は、ふたりの「逢瀬」を紫式部の父・為時らが仕組んだことではないか、としています。一種の「見合い」で、

「為時は方違えを理由に宣孝を自邸に招き、それとなく紫式部に会わせたのであろう」

と記しているのです。

氏はさらに、その「結果」として、「（宣孝は）前々から紫式部が非常な才媛であることは知っていた」が、「彼女にどれほどの魅力を感じていたかは問題である」とも述べています。

「……初めの間は宣孝は彼女にさほどの情熱を抱かなかったのではないか。紫式部は、さすがに最初の縁談であるため興奮したものの、相手にさほどの情熱がないと知ると、開きかかった心の殻を閉じてしまったらしい。むしろ反動的に彼女は、従姉に同性愛的な感情を寄せるに至ったのである」

同著の他の箇所でも書いていますが、角田氏もまた、ここで紫式部の「同性愛的な傾向」を指摘しているのです。

そうなると、しかし、あわてるのは、宣孝のほうになる。男と女の関係では、よくあることですが、「追えば逃げる、逃げれば追う」で、紫式部が冷淡になればなるほど、こんどは宣孝の心に「情炎が燃え上がった」というわけです。

いずれ、未婚の紫式部とすれば、妻帯の熟年男性から、いくら口説かれても、そう簡単に「はい」とは言えなかったでしょう。

紫式部は結婚適齢期をとうにすぎていたにもかかわらず、父とともに越前へ下らなければなりません。そこに宣孝が、

「結婚しようよ」

と言い寄ってきたわけですが、紫式部の心の内は、複雑に揺れていたと思います。

紫式部は二年前に姉を亡くした喪失感をぬぐえないでいたのに、亡姉の代わりに慕った「姉君」は西国（さいごく）の肥前へ。自分は越前へと行くことになり、彼女との距離は、いよいよ遠くに隔たることになったのです。

「わたくしの大切な人たちは皆、わたくしのまえから去ってゆく。時は無情にすぎ去るのに、わたくしはどんな生き方をすれば良いのかも分からない」

そんな心境のときに、宣孝からは、しきりと口説き文句をつづった文や歌が送られてくるのです。

それをいっきに握りつぶすような真似は、紫式部にはできません。むしろ、大きな「心残り」としたままに、彼女は旅立ってゆくのです。

京から越前へ下るには、逢坂山を越え、大津の浜から舟で琵琶湖の西岸を北へ進み、琵琶湖の北端にある塩津の湊に着きます。それから塩津山を越えて、越前敦賀に至るのですが、紫式部はその旅路の途中で、とある風景を和歌に詠んでいます。

「近江の湖にて、三尾が崎といふところに、網引くを見て」

この詞書のあとに、歌がつづきます。

三尾の海に　網引く民の　手間もなく　立居につけて　都恋しも

「手間もなく」は「暇もなく」、「立居につけて」は「動作、振るまいを見るにつけて」の意です。

水尾の湖岸（三尾が崎）で網を引く民が、せわしなく立ちはたらいているのを見るにつけて、都を恋しく思うのです。「三尾」は、琵琶湖西岸（滋賀県高島市）にある地名で、舟から見た風景を詠んだものでしょう。

もう一首、あげておきます。

「塩津山といふ道のいとしげきを、賤（しず）のおのあやしきさまどもして、『なほ、からき道なりや』といふを聞きて」（詞書）

しりぬらぬ　往来（ゆきき）に慣らす　塩津山　世（よ）に経（ふ）る道は　からきものぞと

「塩津山」は琵琶湖北端の滋賀県長浜市にある山。「しげきを」は「草木が生い茂っていて、歩きづらいので」、「あやしきさま」は「見慣れぬ粗末な風体（ふうてい）」、「なほ、からき道なりや」は「何度通っても、やはり、歩きづらい道だわ」の意。「からき」は塩津の塩と対応しています。

和歌の大意は、こうなります。

「知っているでしょう。往き来して慣れている塩津山はつらい道です。この世を渡る道も同じように、つらいものです」

おそらく、山を一つ越えるといっても、為時や紫式部は輿（こし）に乗っていたはずです。輿をかつぐ人足たちが、

「つらい道だなぁ」

とつぶやいているのを聞いた紫式部が、

「この世を渡る道もつらいもの」

と、歌に詠んだのだと思われます。

さきに述べたような当時の紫式部の心境を詠みこんでいますが、一方、たんなる旅路の風景の印象ではなく、その地ではたらく人の姿を胸にとどめていることに、注目すべきでしょう。

第三章　宣孝との恋愛と結婚

越前での暮らしと「姉君」の死

父とともに越前へと下った紫式部は、その地でどのようにすごし、何を思っていたのでしょうか。

越前国は、琵琶湖の北方にあり、京から空荷で四、五日かかるほどのところに位置しています。都からは、

「遠からず近からずの距離」

でした。米どころであり、日本海に面した湊もあるため、豊かな国といえます。

当時の越前国の国府は、武生（現在は福井県越前市）です。京の都とはちがい、冬は雪ぶかく、寒さも厳しかったでしょう。

紫式部はそのおりの心境を、いくつかの和歌に託しています。ここでも『紫式部集』のなかから、二つほどえらんで、引いてみましょう。

まずは「詞書」です。

「暦に、初雪降ると書きたる日、目に近き火（日）野岳といふ山の、雪いと深う見やらるれば」

ついで、歌になります。

ここにかく　日野の杉むら　埋む雪　小塩の松に　今日やまがへる

日野とは、越前国南条郡（武生の東南）にある日野岳（日野山）のことです。その山の杉が埋もれてしまうほどの雪を見て、紫式部は、留守にしている小塩山（京都市大原野）のことを頭に浮かべ、

「かの小塩山の松にも、この雪が降り乱れているのだろうか」

と、思いをはせているのです。

もう一つの歌は、こうです。

「降り積みて、いとむつかしき雪を、搔き捨てて、山のやうにしなしたるに、人々登りて、『なを、これ出でて見たまへ』といへば」(詞書)

ふるさとに　帰る山路の　それならば　心やゆくと　ゆきも見てまし

女房たちが降り積もって厄介な雪を搔きあつめ、雪山のようにすると、その雪山にのぼり、

「館を出でて、これをご覧なさいませ」

と、紫式部をさそう。それに対して、紫式部が詠んだ歌ですが、「帰る山」は、京にもどる道すじにある琵琶湖北方の「鹿蒜山」にも掛けられています。

「心やゆく」は「気もはれようかと」の意で、「ゆきも見てまし」の「ゆき」はこれまた、「雪」と「行き」の掛けことばです。

「ふるさとの京に帰る山であれば、心が晴れ晴れとするので、行ってみたいとは思うけれど……」

そんな心持ちでしょうか。

越前の深い雪に嫌気が差し、都にもどりたい、という気持ちがこめられています。

紫式部が越前に行き、親しかった「姉君」も肥前（ひぜん）へと旅立ったことで、ふたりの居場所が遠く離れたことは、先述しました。姉君からは以前より繁く、離別を悲しむ手紙が紫式部のもとに届きます。

姉君という人は、どうやら紫式部よりも悲哀の感情に動かされやすい女性であったようです。彼女の歌には感傷的なものが多く、反対に、紫式部はどちらかというと冷静で、理知的な歌を返していました。すると姉君は、

「あなたはあまり、わたくしと逢いたくないのかしら」という意味合いの文（ふみ）を送ってくるではありませんか。

それに対し、紫式部は、こう応えます。

「筑紫（つくし）に肥前といふところより、文をこせたるを、いとはるかなるところにて見けり。

その返りごとに」(詞書)

あひ見むと　思ふ心は　松浦(まつら)なる　鏡(かがみ)の神や　空に見るらむ

「筑紫に」は「筑紫にある」ということ、「いとはるかなるところ」は「とても遠い遥かなところ」。「松浦なる鏡の神」は「佐賀県唐津(からつ)市鏡にある鏡明神(かがみみょうじん)」、「見るらむ」は「照覧されているだろう」の意です。

肥前というところから送られてきた文を遠く離れた地で見て、その返事に、紫式部は、「逢いたくないだなんて、そんなことはないわ。あなたに逢いたいと思うわたくしの心は、そちらの松浦の鏡の神さまも、よくご存じのはずよ」

と、いささか言い訳のような歌を送ったのです。

年を越えて、姉君からまた文(歌)が来ました。

行きめぐり　逢ふを松浦の　鏡には　誰(たれ)をかけつつ　祈るとか知る

「誰をかけつつ」は「誰に逢いたいとの願いをかけて」で、

「わたくしは遠い地を行きめぐっても、ふたたび、あなたに逢える日が来るのを待っているの。松浦の鏡の神さまに、わたくしがだれに逢いたいとの願いをかけて祈っているか、知っているわよね」

という切ない気持ちを訴えてきたのです。

じつは、この文が姉君からの最後の便りとなりました。彼女はまもなく病いに倒れ、帰らぬ人となってしまったのです。

紫式部は姉君の訃報を知って、悲しみとともに一抹の悔恨の情も覚えたのではないでしょうか。

京の屋敷で暮らしていたときとは、まったくちがう鄙（ひな）での生活、冬の厳しさ、初めて眼にする風景や民の生活、友との別れなどなど……紫式部は越前で、さまざまな経験をつむことになります。

都から離れたことで、疫病にかかる心配も、ほとんどなくなりました。じっくりと本を読み、一人で考える時間も増えたことでしょう。そして、父・為時と文学（歌や漢詩）について、語りあうことも出来たのではないでしょうか。

京を離れたことで、「ふるさと（京都）への郷愁が高まった」。

そのことは、当時の彼女が詠んだ和歌にも表われていますが、別の見方をすれば、宮廷や都の貴人たちのあり様（よう）を、（遠方にいればこそ）冷静に観察できる眼を養ったようにも思われます。

こうして越前にいる間に、紫式部の心中には、「のちの源氏の物語の萌芽」が育ちつつあったのかもしれません。

越前での寒くて寂しい日々。そこで唯一の救いというか、慰めになっていたのが、宣孝との頻繁な文（歌）のやりとりです。

言い忘れていましたが、当時の貴族社会での「恋愛」というのは、まずは男性が歌（相聞歌（そうもんか））を詠んで、恋い慕う女性のもとに届ける。それに対して、女性のほうでも返信――歌を返し、そういうことを重ねたのちに、思いが一致して、結婚する（通い婚）というのが通例でした。

京と越前では、手紙を送るにしても、多くの日数を要します。それでも宣孝は、熱心に紫式部に文を送りつづけたのです。

人一倍、プライドの高い紫式部はしかし、容易に口説かれたりはしません。弱みを見せない。そう、めったに「本音」を出したりはしないのです。

前章でも明かしたように、宣孝は紫式部の父・為時に近い年齢ですから、彼女よりかなり年上で、齢（よわい）四十五、六。まさしく「親子」ほど歳の離れた、しかも妻帯している男性から、恋の歌が送られてくるのです。

紫式部は当然のごとく、（表面上）つれない態度を示します。

「年返りて、『唐人見に行かむ』といひける人の、『春は解（と）くくるものと、いかで知らせたてまつらむ』といひたるに」（詞書）

春なれど　白嶺の深雪　いや積り　解くべきほどの　いつとなきかな

「年返りて」は「新年になって」、「春は解くるもの」というのは、「春になると凍結していた氷が解けるように」で、「あなたの気持ちも解けるべきもの」の含意がこめられています。

新年になって、「越前に滞在している唐人を見に行こう」と言った人（宣孝）が、「春は氷が解けるもの、あなたの心も打ち解けるでしょう」と書いてきたことへの返歌で、歌の大意は、つぎのようになります。

「春にはなったものの、白嶺の深い雪はまだ積もっていて、いつ解けるのかも分からない。同じように、わたくしの心が（あなたに）打ち解けるのも、いつになるのか分からないわ」

歌のなかの「白嶺」は有名な加賀の白山のことですが、雪解けの「知らね」と掛けています。

紫式部は、

「そう簡単には、あなたになびきませんよ」

と返しているわけですが、完全に相手を拒否している感じには見えません。経験豊かな年上の男性と、「恋の駆け引き」をしているようにも思えます。

こういうのもあります。

「近江守（おうみのかみ）の女懸想（けそう）ずと聞く人の、『二心（ふたごころ）なし』など、つねにいひわたりければ、うるさくて」（詞書）

水うみの　友呼ぶ千鳥　ことならば　八十（やそ）の湊（みなと）に　声絶えなせそ

詞書の訳は、

「（宣孝は）近江守の娘に、懸想している（思いをかけている、恋をしている）と聞いている。そんな人が、二心なし――他の女性を思うことなどない、としじゅう言ってくるので、わずらわしくて」

となります。宣孝は近江守の娘に思いを寄せながら、紫式部には、

「浮気心はありませんよ」

と言いつづけていたようです。

歌は、そういう宣孝に対して返したものです。

「ことならば」は「なろうことなら」「いっそのこと」、「八十の湊」は「湖畔のあちらこちらの舟つき場」。「声絶えなせそ」は「呼んで歩いて、声嗄れしないようにね」との意です。

「湖の友を呼ぶ千鳥さん、なろうことなら、あちらこちらの舟つき場で呼んで歩いて、声を嗄らさないでね」

となるのですが、じつのところ、

「近江の方に声をかけるなら、他の女性たちにも声をかけてくださいな」

と、かなりの皮肉をこめて歌っているのです。

けれども宣孝は一向に動じることなく、熱心に口説きつづけます。

紫式部、とうとう折れる

さきの歌でも分かるように、宣孝には数人の妻がいたのですが、紫式部の父にも彼女の実母のほかに妻女がいたわけで、そのころには、ごく普通のことだったのです。そして、それが可能だったのは、「通い婚」という婚姻形態のせいかもしれません。

すでに何度か語っているように、通い婚とは、男性が女性の家に通う形の結婚で、「女性の実家が二人の愛の巣になる」というわけです。

世界の歴史を眺めてみますと、古代のインド南部や朝鮮半島にも「通い婚」の婚姻形態があり、どちらも母権の強い女系制の社会だったそうです。実家の財産を相続し、結婚を承諾する権利は、女性の側にありました。つまり、女性が、「この人ならば良いわ」と言わなければ、結婚は成立しなかったわけです。ですから、

「一夫多妻制は男権優位な社会の象徴」と見るだけでは、一元的にすぎるかもしれません。

そんなことで、宣孝が小まめに紫式部に求愛の歌を贈り、彼女の心を動かそうとしたのも理解できます。もっとも、宣孝の何番目かの妻になることは、紫式部のプライドがゆるさなかったのでしょう。

教養のある知的な女性だからこそ、レベルの高い和歌のやりとりで、宣孝の鼻を明かそうとしたようです。

宣孝もまた、かなりの強者（つわもの）で、容易にへこたれはしません。

彼は紫式部への文で、白い紙に朱墨（しゅずみ）で滴（しずく）を垂らしてきたことがありました。「紅涙（こうるい）」という血の涙を表わしているのです。

紫式部の冷たい返事に泣き明かしたことで、

「ついに、自分の涙は紅（あか）くなってしまった」

と、宣孝は大げさな、芝居のような真似をしたのです。

「文の上に、朱といふ物を、つぶつぶとそそきかけて、『涙の色な』と書きたる人の返りごとに」（詞書）

紅の　涙ぞいとど　うとまるる　移る心の　色に見ゆれば

「つぶつぶと」は「ポトポトと」、「そそきかけて」は「注ぎかけて」です。手紙の上に、朱というものをポトポトと注ぎかけて、「涙の色だ」などと書いている人（宣孝）への返事に、紫式部は、

「紅の涙など、ますます嫌になってしまうわ。それはまさに、移ろいやすい心の色に見えるもの」

と書いているのです。

ここには宣孝にすねているような、甘えているような、紫式部の心の様が見てとれます。彼女は、赤色はすぐに褪せる色だから嫌、うとましい、と返歌したのですが、宣孝

とすれば、
「とうとう自分のことを意識してきたか」
と感じたのではないでしょうか。

つぎに紹介するのは、紫式部の帰京直後に、宣孝が贈った歌です。

気近くて　誰も心は　見えにけん　ことばへだてぬ　契りともがな

「こうしてお近づきになって、わたくしの心は分かってくれたであろうから、このさきは隠し立てをしないで、話しあえる契りをむすんでほしい」

この歌に対して、紫式部は例のごとく皮肉をこめた歌を返すのですが、宣孝はまた歌を送ります。

峰寒み　岩間氷れる　谷水の　行末しもぞ　深くなるらむ

「まだ逢っていないので、わたくしの心も打ち解けないように思われるだろうけれど、将来はきっと、深い仲になろうよ」

束の間の幸福な生活

長徳四（九九八）年の春、紫式部は越前に父を残して、京に帰りました。その年、長いあいだの恋が実って、彼女は宣孝と結婚したのです。

父の為時はまだ越前にいましたから、今日の結婚式にあたる「所顕」はごく形だけ、少数でおこなったようです。

それに紫式部は賀茂川沿いの昔ながらの屋敷に住み、「そこへ、しばしば宣孝が通う」という典型的な「通い婚」でした。でも、ふたりの仲は良く、翌年（長保元年）には、娘の賢子が生まれています。

その間、宣孝も山城守に任ぜられたり、九国（九州）豊後の宇佐神宮へ、帝のお言葉をたずさえて遣わされる「宇佐遣い」をつとめるなど、やりがいのある仕事に恵まれていました。

ふたりがともに、充実した日々を送っていたのではないかと思われます。

結婚して間もないころのこと。紫式部は、こんな歌も宣孝に贈っています。

「桜を瓶に挿して見るに、取りもあへず散りければ、桃の花を見やりて」（詞書）

おりて見ば　近まさりせよ　桃の花　思ひぐまなき　桜おしまじ

「思ひぐまなき」は「思いやりの行きとどかない」ということで、「見ている人の気持ちも考えないで、すぐ散ってしまうような」という意がこめられています。

瓶に立ててあった桜が、見る間に散ってしまった。それで桃の花に眼をやって、

「桃の花よ、そうして手折られ、彼の愛を受けたなら、もっと頑張って咲きなさい」

と言っているのです。

「つれない桜に未練なんて、わたくしはもたないわ。あなたはどうかしら」と。

この歌は唐の白居易（はくきょい）がつくった「晩桃花（ばんとうか）」という詩を念頭にして、紫式部が詠んだ歌です。自分を遅咲きの桃の花になぞらえて、

「だれの眼にも止まらなかったわたくしを、だれよりも愛してほしい」

という思いが託されていました。

これに対して、宣孝は紫式部に、つぎのような返歌を送りました。

ももといふ　名のあるものを　時のまに　散る桜にも　思ひおとさじ

大意は、こうです。

「桃の名は、ももとせ（百年）の『もも』にも通じるだろう。百年、添いとげよう。移ろいやすい桜みたいに軽んずるような真似は、わたくしはしないよ」

少し疲れましたね。

そろそろ和歌のほうは、「ご休憩」としましょう。


結婚後に、ふたりは諍いを起こしたこともあります。

「通い婚」であるだけに、顔を突きあわせて言い争うことはなかったようで、これもおよそ「歌」のやりとりですが、ここは地の文のみで、そのときの様子を眺めていきましょう。


宣孝が紫式部の書いた手紙を他の人たちに見せてまわったため、彼女は、

「これまで渡した手紙を、すべて返して頂戴。でなけりゃ、もう何も贈らないわよ」

と怒ったのです。宣孝は宣孝で、不機嫌そうに、

「分かった。すべて返すよ」

と答えたようです。それでも、紫式部の腹立ちはおさまりません。

「山の薄氷が解けるように、あなたとの仲もやっと良くなったばかりなのに、わたくしとの縁を絶とうと言うのね」

と、なおも言いつのります。それに対して、宣孝も負けてはいません。

「打ち解けただなんて、どうせ見せかけだけだろ。あなたの情の薄いことは見え透いているから、縁を切るなら切ったって、惜しくはないさ」

紫式部は、さらに返します。

「罵(ののし)りあって、ふたりの仲を絶ってしまうつもりなら、それでも構わないわ。あなたの苛立(いらだ)ちを、怖がってなんかいないもの」

まるで「売り言葉と買い言葉」のようなやりとりですが、しまいには宣孝がいくぶん紫式部に歩み寄って、片が付きます。ただの夫婦（痴話）喧嘩といえば、そうにちがいありません。けれど、紫式部はやはり、相当に強い性格の女性であったように思われます。

諍いのきっかけとなった、宣孝が他人に見せた手紙とは、紫式部の初期の物語（短篇、あるいは後の『源氏物語』の断章）ではないか、という説もあります。おそらく宣孝は紫式部の文筆の才能をみとめていたでしょうから、自慢げに、

「うちの妻が書いたんだよ」

と、同僚などに見せびらかした可能性も否定できません。

紫式部のあまりに高飛車（たかびしゃ）な態度に閉口してか、彼女の屋敷に宣孝が通う日が間遠（まどお）になり、紫式部は嫉妬に満ちた歌や、夫の来訪を待ちわびる歌を贈ったりもしています。

そういうことはあったとしても、その間に娘もできて、夫・宣孝とすごした日々は、紫式部にとって、「人並みの幸せを感じていた時期」であったといえるでしょう。

しかし、その生活は、わずか三年足らずで終わってしまいました。長保三（一〇〇一）年四月に宣孝は疫病にかかり、あっけなく、この世を去ったのです。

幼子を抱えた紫式部は、夫が唐突に消えてしまったように感じたにちがいありません。母、姉、「姉君」とよんでいた方。そして、夫……紫式部のまえから、つぎつぎと大切な人が失われていきます。

宣孝の死にさいして、紫式部が詠んだ歌――私自身が好きな歌でもありますので、この章の最後に一つだけ、あげておきます。

「世のはかなきことを嘆くころ、陸奥（みちのく）に名ある　ところどころ書いたるを見て、塩釜（しおがま）」
（詞書）

見し人の　煙（けぶり）となりし　夕べより　名ぞむつましき　しほがまの浦

「しほがま（塩釜）」とは、陸奥（むつ）国、松島湾内にある土地の名前。「見し人」は、「連れ添うてきた亡夫」のこと。

全体の大意は、こうなります。

「愛した人（夫）が煙となって、空に昇っていった。あの弔いの夕べ以来、わたくしにはなぜか、塩釜の名が心に付いて離れない。

だって、その名はいつも歌に、「寂し」「悲し」と詠まれているのだもの。煙ばかりでなく地名までもが、わたくしには、つらく響いてならないのだ」

第四章　暗く寂しい寡婦暮らし

忘れがたみの幼い娘

宣孝が亡くなった長保三（一〇〇一）年は、前年から流行していた疫病がますますひどくなり、市中には死者が増えつづけていました。その年の四月の賀茂祭は、「見物をする人は、ごくわずかであった」とも伝えられています。

おそらく疱瘡かと思われますが、どんな疫病であったのか、はっきりとは分かりません。ただ、当時の医術には、疫病の治療など無きにひとしく、もちろんクリニックや病院などは皆無です。そのため、人びとはひたすらお経を唱えたり、疫病や悪霊退散の祈祷をあげたりするしかありません。

たび重なる天災や疫病に対して、時の為政者がおこなう唯一の施策も、陰陽師の占いや、多くの高僧を一堂にあつめて、護摩を焚き、祈祷させるのです。

「安倍晴明」という名前を知っている方も多いでしょうが、彼は平安時代の有名な陰陽師でした。陰陽師は官職であり、中国発祥の陰陽五行思想をもとにした天文道や暦道の専門家です。

天文道を得意とした安倍晴明は、占いや禊(みそぎ)の能力を買われて、花山天皇や一条天皇などの皇族、藤原道長にまで重用(ちょうよう)されるようになりました。

その結果、晴明の位階は従四位(じゅしい)にまで昇ったのです。

紫式部はそんな時代を生きていました。現代よりも、はるかに人の寿命は短く、四十歳になったら長寿の祝い（四十賀(しじゅうのが)）をしたほどです。平安時代の平均寿命は諸説ありますが、「三十歳くらいではないか」と言われています。

当時、人の生命(いのち)はもろく、はかないものでした。

夫・宣孝の死後、紫式部は厭世観(えんせいかん)（悲観主義）にとらわれてしまいます。母、祖母、姉、親友、夫……と、自分の大切な人たちを片端から奪ってゆくこの世は、あまりにも無常（無情）で、紫式部の心は暗く沈んでしまうのです。

そういう紫式部にとって、唯一の救いであり、慰めとなったのは、亡き宣孝の忘れがたみ――娘の賢子(けんし)のほかないでしょう。

「亡くなりし人のむすめの、親の手書きつけたりけるものを、見て言ひたりし」（詞言(ことばがき)）

夕霧に　み島がくれし　鴛鴦（おし）の子の　跡を見る見る　まどはるるかな

「亡くなりし人のむすめ」とは「故宣孝の娘、賢子」のことです。「親の手書きつけたりける」は、「その賢子が、父・宣孝の筆跡をまねて書いたもの」。それを見て、紫式部が歌を詠んだのです。

「鴛鴦の子」というのは、「（仲睦まじい）おしどりの子」、転じて「いとしい夫の娘」、「跡」は「娘が父親に似せて書いた筆跡」のことです。

「夕霧のなかで、島影に見え隠れするおしどりの子の、亡き父に似せて書いた筆跡に、いろいろと思い惑わされてしまう」

と、まぁ、そんな意味でしょう。

娘への愛情と同時に、故人となった宣孝に対する愛着、心残りが十分に察せられる歌です。

「まだ幼い賢子が健やかに成長してくれますように」

家にいて、平生、育児に専念しつつ、紫式部はそればかりを願っていました。

ところが、その賢子があるとき病いを得て、床についてしまいます。

人並みに僧や祈祷師をよんで、加持祈祷を頼みながら、紫式部はみずからも娘の回復を祈りつづけます。

「世を常なしなど思ふ人の、おさなき人の悩みけるに、から竹といふもの瓶(かめ)に挿(さ)したる、女ばらの祈りけるを見て」（詞書）

若竹の　生(お)いゆく末を　祈るかな　この世を憂(う)しと　厭(いと)ふものから

「世を常なしなど思ふ人」は「世の無常を思う」紫式部当人のこと。おのれを客観視した表現です。「おさなき人の悩みけるに」は「幼い賢子が病気をしたので」の意で、「女ばら」は「賢子の世話をする女房ら」のことを指し、全体としては、

「病気をしている賢子の世話をしている女房が、唐竹を瓶にさして祈っているのを見て」

となります。

歌中の「生いゆく末」は「成長してゆく先」で、「将来」のこと。大意は、こうです。

「若竹のような賢子の将来の無事を祈ります。この世はつらく、苦しいものと厭いながらも」

寂しい日々と向きあう

紫式部は袖を濡らす程度の涙はこぼしたかもしれませんが、感情を露わにして泣きはらすような真似はしなかったでしょう。彼女は他のだれよりも理性的であり、内向的だったからです。

夫を亡くした悲しみは、紫式部の心の奥に「暗い影」となって残ってしまいました。

そして、人の世のはかなさや無情さを感じながらも、

「限りある人生をどう生きていけば良いのか」

と、自分に問いかけてゆきます。

つぎの歌は、そのころに詠んだものです。

散る花を　嘆きし人は　このもとの　淋しきことや　かねて知りけむ

紫式部は宣孝の他の遺子（べつの妻が産んだ子、彼女には「義子」にあたる）とも親しかったらしく、歌のやりとりをしていました。

その遺子の一人が、桜の花の咲くころに、

「荒れたる宿の桜の面白きこと」

という便りとともに、自邸の桜を一枝、贈ってきました。さきの歌は、それに対して紫式部が返したもので、意味はこうなります。

「花が散るのを残念がっていたあの人は、散ったあとの桜の淋しさや、残された子ども（遺子）たちの暮らしのわびしさを知っていたのだろうか」

紫式部は実娘の賢子や、義子たちとの係わり——付き合いを深めることによって、自分の運命を受けいれようとしますが、やはり、そう簡単にはいきません。

「身を思はずなりと嘆くことの、やうやうなのめに、ひたぶるのさまなるを思ひける」（詞書）

数ならぬ　心に身をば　まかせねど　身にしたがふは　心なりけり

詞書の「思はずなり」は「思うようにならない」、「やうやうなのめに」は「しだいに日常のこととなって」、「ひたぶるのさま」は「ひたむきに、一途な様子」です。

全体的には、つぎのようになります。

「わたくしは、自分が思うようにならぬ身の上だと嘆いていた。それが日常化してきて、今では一途なまでに思いつめるまでになってしまった」

歌のほうの「数ならぬ心」は「人並みではない、取るに足りぬ自分の心情」、身は「身の上」で、意味は、

「人並みではないわたくしだから、思うような身の上にはならなかったけれど、つらい境遇になってみると、わたくしの心は、それに引かれて悲しみが増してゆく」

となります。

もう一つ、紹介しましょう。

心だに　いかなる身にか　かなふらむ　思い知れども　思ひ知られず

「心は生まれながらにして自分のものだから、せめて自分の心だけは、思いどおりにしたいのだが、それはどんな境遇になれば、可能なのだろう」

と、自身に問いかけ、こう嘆息します。

「いかなる境遇になったとしても、思うとおりにはならないものと、知ってはいるけれ

ど、悟りきってはしまえない」

これらの歌からは、この世の無情さに打ち負かされそうな紫式部が、自身の心の充足感を求めてやまない葛藤が聞こえてくるようです。

紫式部の「身（の上）」は現実の厳しさに翻弄されてしまいますが、「心」は「自分の思うとおりにしたい」と切望します。そして「心」は、彼女にとって、「現実に縛られずにいられる唯一の世界なのだ」と気づいたのではないでしょうか。

寡婦・紫式部に言い寄る男

寡婦、つまり未亡人となって、しばらく経ってからでしょうか、紫式部に言い寄る男が現われました。西国（筑紫）の受領をつとめていた男性のようです。

「門たたきわづらひて帰りにける人の、翌朝」（詞書）

世とともに　荒き風ふく　西の海も　磯辺に波は　寄せずとや見し

詞書には「（関係をむすぼうと）門をたたいて、迷惑な人が帰っていった翌朝に」という紫式部の言葉があり、その男から届いた歌の意味がこれです。

「つねづね激しい風が吹き荒れていた西海の筑紫でも、磯辺（女のもと）には、波（男）が寄せつけていましたよ」

いかにも恨みがましいものでした。それに対して、紫式部は皮肉をこめて歌を返します。

かへりては　思ひ知りぬや　岩かどに　浮きて寄りける　岸のあだ波

「かへりては」は「都に帰ってきて、筑紫のときとは反対に」で、「岩かど」は「式部自身の意志堅固な様子」、「岸のあだ波」は「浮わついた心の男」の喩えです。

「帰京して、筑紫にいたときとは反対に、わたくしの岩のように堅固な意志を、思い知ったのではないかしら。浮わついた心の男が寄ってきても、強く突きかえすだけのことよ」

その後、またもや同じ男から、

「喪(も)が明けたら、わたくしを迎え入れてもらえるだろうか」

という趣旨の未練たらしい手紙が送られてきます。

紫式部はしかし、これをも見事に撥(は)ねのけるのです。


「年返りて、『門はあきぬや』といひたるに」(詞書)

誰(た)が里の　春のたよりに　鶯(うぐいす)の　霞(かすみ)に閉(と)づる　宿を訪(と)ふらむ

「年返りて」は「年が明けて」で、「門はあきぬや」の台詞には、

「先年たたいたあなたの門は、固く閉ざされていたけれど、年が明けたことでもあるし、もう門は開いているだろうか。わたくしを迎えてくれるだろうか」

との意味がこめられています。返事の歌で、紫式部はそれを、

「春になって浮かれでた鶯が、どこかの家里を訪ねたついでに、まだ喪に閉じこもっている、わたくしの家まで訪ねてくるのかしら」

と、完全に拒否してしまいます。

とにもかくにも、紫式部の倫理観（モラル）が、「すこぶる高かったことを証明するエピソード」と言えるでしょう。身持ちが堅く、亡夫・宣孝より他の男には生涯、接近しなかったようです。

のちの章で、藤原道長にも（半ばジョークで）言い寄られる話が出てきますが、そのときもキッパリと彼女は断わっています。

古物語と日記文学

さて、紫式部は喪に服したときから徐々に、「自分の求めるものが何か」ということを悟りはじめました。物語を自分で書いてみよう、と思い立ったのです。

ここで『紫式部日記』（山本淳子訳注／角川ソフィア文庫）を参照しながら、創作をはじめたころを回想した文章を引いてみましょう。

※以下『紫式部日記』の原文引用は同書に拠る。

「はかなき物語などにつけてうち語らふ人、同じ心なるは、あはれに書きかはし、（中略）世にあるべき人かずと思はずながら、さしあたりて、恥づかし、いみじと思ひ知るかたばかり逃(のが)れたりしを」

これを訳すと、

「取るに足りない物語などについて、わたくしと同じような教養をもつ方に、しみじみと思いをつづった手紙をかわし、（中略）この小さな家のなかで暮らし、気心の知れた仲間と付きあう世界では、さしあたって、恥ずかしいとか、つらいとかいう思いを味わうことを逃れていた」

となります。

紫式部には、物語について語りあえる友人たちがいて、自分が書いた短篇の物語（習作）を送り、感想や批評を手紙に書いてもらったりしていたのでしょう。

彼女は物語をつくることで、もともと疎遠な人たちや、世間一般の人たちとも、積極的につながることを求めました。

「自分の物語がどう評価されるかを知りたい」

そんな欲求が芽生えてきていたのです。

紫式部が物語の世界に、自分の心を解放させたとするなら、今までの絵空事のような、たあいのない物語ではなかったはずです。つまりは、のちの『源氏物語』に通じるようなリアルな物語だったのかもしれないと、私は思うのです。

当時の物語といえば、『竹取物語』（たけとり）や『伊勢物語』（いせ）『平中物語』（へいちゅう）などがありましたが、いずれも作者は男性と考えられており、官人としての仕事のかたわらに書いた「遊び」でしかなかったのです。

仮名文字で書かれた物語の読者は、多くは女性でしたが、内容的には物足りないと感じる人も、少なからずいたようです。

右大将・藤原道綱母（ふじわらのみちつなのはは）が書いた『蜻蛉日記（かげろうにっき）』に、このような記述があります。（新日本古典文学大系『蜻蛉日記 他』今西祐一郎他校注／岩波書店・参照）

「世中（よのなか）におほかるふる物語のはしなど見れば、世におほかるそらごとだにあり、人にもあらぬ身のうへまで書き日記して、めづらしきさまにもありなん」

訳は、こうです。

「世の中にたくさんある古物語の端くれを見れば、じつに嘘っぱちだらけ、それでも書き物として通用しているではないの。ならば、わたくしは空言ではなく、人並み以下ともいえる、この身の上を手記に書き記そう。異例と言われようが、わが人生を書いて世に問うてやろう」

『蜻蛉日記』の作者は、「人にもあらぬ身の上（人並み以下ともいえる、この身の上）」と書いていますが、言葉どおりに受けとることは出来ません。

右大将・藤原道綱母ということは、彼女の夫――「道綱の父」がいるわけですが、それは時の摂政・藤原兼家（かねいえ）になります。道綱母は兼家の二番目の妻であり、言ってみれば『蜻蛉日記』は、「超エリート家族（貴族）の夫人が、兼家との結婚生活などをつづった日記」なのです。

日記文学としては『土佐日記』が有名ですが、作者は紀貫之（男性）ということで、初めての女性目線の本格的な日記文学として『蜻蛉日記』は、高く評価されています。

完成は天延（てんえん）二（九七四）年。清少納言の『枕草子（まくらのそうし）』は長保（ちょうほう）三（一〇〇一）年に完成、といわれていますから、それより二十七年もまえに書かれた作品でした。

おそらく紫式部も、この「日記文学」を読んでいたはずで、序文に記された、「世の中に多かる古物語の端など見れば、世に多かる空言だにあり」という一文は、紫式部をおおいに、うなずかせたのではないでしょうか。

『源氏物語』を書きはじめる

古物語の「めでたし、めでたし」というお決まりの結末や、男目線の恋愛物語に違和感を覚えた紫式部は、新しい物語をつくろう、と決意しました。

山本淳子氏の著作『紫式部ひとり語り』（角川ソフィア文庫）のなかに、こんな一節があります。

「私の書く物語は、それ以前に書かれた物語とは全く違っていた。それは私が、他人を面白がらせて褒美（ほうび）を得るためではなく、第一に自分の心のために書いたからだ」

それが紫式部の本心を言いあてていたとしたら、新しい物語が生みだされる第一歩につながったのかもしれません。

『源氏物語』は、文字数にすれば約百万文字という大長篇です。四百字詰めの原稿用紙だと、二千五百枚。紫式部は最初から、そんな大長篇を書こうと思ったわけではないでしょう。

短篇をいくつか書くうちに、「これは長篇になり得る」と考えたような気がします。

では、紫式部の最初の短篇は、『源氏物語』の、どの巻（帖）を示しているのでしょうか。

この問いは、多くの学者や研究者たちを悩ませています。「若紫（わかむらさき）」説や「帚木（ははきぎ）」説、あるいは、「『源氏物語』の順番どおり」という説などがあり、決め手となるような史料はありません。

『源氏物語』は、五十四帖という分冊形式になっています。「帖」とは、横に長く継ぎあわせた紙を、丁寧に折りたたんだかたちのものです。

平安時代、紙はとても貴重で、高価なものでした。寡婦であった紫式部は実家暮らしとはいえ、ふんだんに紙を使えたとは思えません。

そうなると、なるべく少ない紙で物語を書くしかないでしょう。しかも毛筆ですから、活字のような小さな文字を書くわけではないので、短篇でさえも、まるごと書くのは難しそうです。

一つの例として、「帚木」の巻（帖）にある「雨夜の品定め」という場面も、紫式部が最初に手がけた作品の候補になっています。

男三人が四人の女性の品定め（品評）をする話ですが、登場するのは、光源氏の親友である頭の中将と、左の馬頭、藤式部の丞という人物で、光源氏はその三人から女性談義を聞いているわけです。

要するに、「帚木」という短篇は、四人の女性の話に分けることが可能になります。ですから、「ショート・ストーリー四つをまず、書きはじめた」などという想定も成り立つのです。それ以外にも、『源氏物語』の起草順についての説はいろいろとあります。が、その辺は、あとで述べることにしましょう。

紫式部が書いた物語が、友人同士のあいだで評判になったことは確かだと思われます。彼女にも、自信のようなものが芽生えたかもしれません。そして父・為時に、それらの習作を見せていたことも考えられます。

少しずつ書きためられた物語（光源氏の物語）は、やがて貴族社会にひろまり、今までにない斬新(ざんしん)なストーリーは、時の権力者・藤原道長や、彼の正室・倫子(りんし)までをも驚嘆させるのでした。

第五章　初出仕、女房となる

藤原氏が専横した摂関政治

この章では、最初に、藤原北家の権力争いについて、明かしておきたいと思います。なぜなら、あの大長篇の『源氏物語』が誕生した背景には、藤原北家一族の内部争いがあり、深く係わっているからです。ひいては、紫式部の「朝廷出仕」とも無縁ではありません。

まずは、その二十年近くまえ、式部が十四歳のころまで、時間をさかのぼってみましょう。

寛和二（九八六）年の六月、花山天皇が深夜に宮廷を抜けだし、

「山科の花山寺で出家する」

という前代未聞の出来事が起こりました。

花山帝はそのとき、まだ十九歳。出家して退位するには、若すぎる年齢です。それが、そうせざるを得なかったのは、「道長兄弟の父・兼家らの策謀による」と伝えられてい

ます。

策謀は成功。結果、兼家は外孫の一条天皇を即位させ、みずからは当時の政界のトップ、摂政となったのです。その事件のあおりを受けた一人が、紫式部の父・藤原為時でした。

為時は、具平親王（花山天皇の叔父）の信任篤き文人であったため、永観二（九八四）年に花山帝が即位すると、式部丞・蔵人に任ぜられました。

先述したように、紫式部の「式部」は、父親の役職名から付けられた、と言われています。

けれども為時は、せっかく式部丞になったものの、二年後にさきの事件が起こり、「花山帝退位」とともに失職。そして、それから長いあいだ、無役の身となってしまったのです。

花山帝の跡を継いだ一条帝の中宮・定子は、兼家の長男・道隆の娘であり、兼家の孫にあたります。つまり藤原氏（摂関家）は、天皇と「外戚関係」になることで、実質上の最高権力者となったのです。

しかし、それは、「藤原氏の一族同士の争いを生む」という事態をもたらしました。

兼家が正暦（しょうりゃく）元（九九〇）年に病死すると、嫡男（ちゃくなん）の道隆が跡継ぎとなり、関白となって時の政界をぎゅうじります。

なお、「摂関政治」というのは、「摂政と関白が、時の帝をたすけて、政事（まつりごと）を取りしきること」を言い、「摂政」とは天皇がまだ幼いころ（幼帝）や、女性のとき（女帝）の補佐役。「関白」は成人後の天皇を扶助し、政務を代行する役職を指します。

摂政としては、古代、推古（すいこ）帝を補佐した有名な聖徳太子（しょうとくたいし）がいますが、平安時代には一貫して、藤原氏がこの摂政と関白の役をにないました。

藤原一族の内部争い

ともあれ、一条帝の治世下、藤原道隆は最高権力者たる関白の位に就いたのですが、それでも安心はできません。何となれば、道隆の弟たちは、おとなしく兄の言うとおりに動く人間ではなかったからです。

道隆は、長男・伊周に自分の跡を継がせるための手を打ちました。まずは伊周を大納言に任じ、ついで内大臣にまで栄進させたのです。が、彼はまだ二十一歳で、重職に就く年齢ではなく、反対する者も少なくありません。

「用意周到に、権力継承の路線をしいたつもりでいた」道隆でしたが、正暦五（九九四）年に、彼は疫病で急逝してしまいます。

息子の伊周は、関白の位に就くには、あまりにも若すぎる。ために、道隆の次弟の道兼が関白となったのですが、その道兼も数日後には病いに倒れ、亡くなりました。

そして、すこぶる幸運なことに、「摂関家の跡継ぎとしては三番手」であった道長に、お鉢がまわってきたのです。彼は故意に関白の地位を避け、「内覧」なる役職になりましたが、立場や力は「摂関」といっしょでした。

一方、道隆の息子である伊周は、

「本来なら、おのれが関白になれたのだ」

と思っていたはずです。

道長のほうからすれば、伊周はとても「目障りな存在」でした。

まもなく、再度、道長に運がめぐってきました。長徳二（九九六）年のことです。伊周ら兄弟が、「退位した花山院（上皇）に矢を射かける」という事件を起こしたのです。院が伊周の「思い人」に、「こっそり手を出した」と、誤解しての凶行でした。院はすでに天皇の座を退いていたとはいえ、上皇に乱暴をしかけた罪は重く、道長は伊周と、共犯と見られる彼の兄弟たちを、京から追放しました。

さらに一条帝のきさき（妃）であった定子中宮は伊周の妹で、兄の凶行に驚き、動揺したあげく、みずから髪を切り、宮廷を去ってしまいました。

そのとき定子は帝の子を身ごもっており、同年十一月に女子（脩子内親王）を出産したのです。

一条帝の定子への思い入れは深く、周囲の反対を押しきって、帝は定子をふたたび宮中にもどしました。すると、定子はすぐに第二子を懐妊。長保元（九九九）年の十一月に男子（敦康親王）が誕生するのです。

定子の第二子出生の六日前に、道長は娘の彰子を女御として入内させます。娘に皇子を産ませ、天皇の外祖父となることを図ったわけです。彰子はわずか、十二歳でした。

定子に男子が生まれたとはいえ、彼女には後ろ盾がありません。父（道隆）は亡くなり、兄（伊周）は権力の座から引きずりおろされていました。

翌年になると、道長はさらなる手を打ちます。定子を中宮から皇后とし、女御の彰子を中宮に格上げしたのです。

ここで、天皇のきさき（妃）のあり様を明かしておきましょう。

皇后も中宮も立場や権限に変わりはなく、両者の間には優劣もなければ、上下関係もありません。ただ、序列としては、「皇后、中宮、女御、更衣」の順になります。

皇后と中宮はどちらも正室（女御、更衣は側室）です。

もし彰子に男子が産まれたら、さきに生まれた定子の息子が優先的に跡継ぎとはなるものの、

「つぎは彰子の息子の番」

となる。そうすると、道長は、「天皇の外祖父としての力を得る」というわけです。

予想外の展開

その後、しかし、彰子中宮が一条帝の寵愛を受けたかというと、そうではありませんでした。定子皇后への愛情が深いうえに、二十歳の帝の眼からすると、十二歳の彰子はいかにも幼く見えたのです。

定子皇后は二十三歳で、一条帝より年上。大人の女性であり、その後宮に仕える女房たちも、清少納言をはじめ、才色兼備の女性ばかりが、あつめられていました。今日風にいえば、「定子サロン」です。

そういう華やかで文化的な雰囲気をもつ定子の御殿——定子サロンを、一条帝はとても気に入っていたのです。

そのうえ、定子皇后は第三子を懐妊。定子への天皇の寵愛は変わりませんでした。

かたや、せっかく彰子を中宮にまで昇格させた道長ですが、娘の後宮に帝が通ってこなければ、子はできない。そこで道長は、彰子が住む藤壺（ふじつぼ）御殿を、財力の限りをつくして飾りたてます。が、それだけでは足りません。

一条帝は和歌や漢籍などの文学を好んでいたので、道長は知性あふれる女性たちを彰子付きの女房として、彰子のまわりに仕えさせたのです。

事態は予想外の展開をしました。

長保二（一〇〇〇）年の暮れ、定子皇后は女子（媄子〔びし〕内親王）を出産直後、亡くなってしまったのです。遺児の媄子内親王と敦康親王は、定子の末妹・御匣殿（みくしげどの）が養育し、媄子内親王は、一条帝の母・東三条院詮子（ひがしさんじょういんせんし）が引きとりました。

御匣殿は定子の妹だけに、よく似ていたのでしょう。一条帝は彼女を好ましく思い、そのもとへ通ううちに、御匣殿を孕（はら）ませてしまいました。

ところが、御匣殿も身重（みおも）の間に、亡くなってしまうのです。

定子と御匣殿亡きあとは、敦康親王を彰子が養育することになりました。私が思うに、これも道長の策略の一つです。もし彰子に男の子が生まれなかったとしても、道長は、

「次代天皇たる敦康親王の養祖父となれる」

という算段だったのでしょう。

とはいえ、道長は娘が男子を産むことを切に願っています。けれど、彰子が懐妊する気配はなく、そのまま五年の歳月がすぎていったのです。

いよいよ宮廷に出仕する

寛弘(かんこう)二(一〇〇五)年、師走の二十九日、紫式部は宮廷に召しだされます。

「彰子中宮にお仕えする女房として召されよ、と道長さまから直々(じきじき)に、お声がかかったのじゃ」

越前から帰った父・為時にそう言われたとき、紫式部は正直、困惑しました。

下級とはいえ、一応、貴族の娘として育ち、これまで外で働いたこともありませんし、家にいれば、女房たちにかしずかれている身なのです。それが、自分が「女房」となり、宮中で高貴な方の世話をするといっても、どのようにすれば良いものか、見当もつきません。

そのうえ貴族社会では、宮仕えの女房に対する評判は、あまり良くありませんでした。

「娘を宮仕えに出すほど、あの家は落ちぶれているのか」

とか、

「とんだ恥さらしである」

と公言する上流貴族もいました。

くわえて、宮中には若い女性があつまっているため、彼女たちを目当てにした男性との恋の駆け引きなど、男女関係は危うく、乱れた印象がありました。

そのようなところに、内向的な性格の紫式部がはいるのですから、逡巡（しゅんじゅん）したとしても仕方ありません。でも、父が長期間、無役であったときに、道長の口添えによって、越前守に任ぜられた経緯（いきさつ）がある。そう、大きな恩がありました。

しかも道長の正妻・倫子（りんし）が、

「ぜひとも娘・彰子の力になってほしい」

と切望しているとの話も、父から聞かされたのです。

倫子は紫式部の遠縁にあたります。紫式部が書いた物語を読んだ倫子が、
「これは、今までにない物語ですよ。おそらく、帝もお気に召すにちがいありませぬ」
と、夫の道長に推薦したという背景もあったのです。

そのようなわけで、紫式部は不安を抱えながらも、宮中に参内しました。

実のところ、紫式部の心中は不安や躊躇いだけではなかった感じが、私にはします。もしかしたら、「きらびやかな宮中の生活を経験する」という好奇心も、紫式部はもっていたかもしれません。

それにしても、夫を亡くすなどの苦労をしている紫式部ですが、基本的には世間知らずで、人付き合いが無器用な女性です。「簡単に宮中になじむことが出来るか否か」は疑問でした。

ひとり倫子だけではありません。紫式部が書いた物語（『源氏物語』の断章、短篇）はすでに宮中では評判となっていたため、女房たちは作者について、それぞれに勝手なイメージを抱いていたようです。

古株の女房たちは、

「物語を書くだなんて……きっと、知識や学問があることを鼻にかけた、高慢ちきな女が来るんだわ」

と言いふらし、またある女房は、

「たぶん、無愛想な変人よ」

といった偏見の眼をもって、待ちかまえていました。

師走の二十九日は、旧暦の大晦日にあたります。

新年の三日までは、宮中でもいろいろな行事が立てつづけにおこなわれ、女房たちは大忙しだったでしょう。そのなかで、何をして良いのか、まるで分からず、立ちつくしていた。そんな紫式部の姿が、眼に浮かぶようです。

案の定、三日の歌会を終えると、紫式部は里（実家）にもどってしまいました。

引きこもる紫式部

その「里帰り」したときの心境を詠んだ歌が『紫式部集』に載っています。

「初めて内裏わたりを見るにも、もののあはれなれば」（詞言）

身の憂さは　心のうちに　慕ひ来て　いま九重ぞ　思ひ乱るる

「初めて内裏わたりを見るにも」とは、「初めて宮中の生活を体験するにつけても」ということ。「もののあはれなれば」は、「感慨ぶかく思われるので」となります。

歌のほうの「身の憂さは」というのは、「わが身の物憂さは」であり、「慕ひ来て」は、「あとから追いかけてきて」という意味です。「九重ぞ」は「宮中で幾重にも」ということ。歌全体では、

「わが身の物憂さは、出仕したにもかかわらず、つぎつぎに追いかけてきて、宮中では

千々（ちぢ）に思い乱れるのです」

となります。

いざ宮中をおとずれてみると、その雅（みや）びな雰囲気を感慨ぶかいものに受けとめながら、紫式部の心のうちには憂鬱な思いが消えないでいました。そして、彼女は実家に引きこもった状態になります。

しばらくして、紫式部は少しだけ話ができた女房に手紙を書き、自分の思いを歌で訴えます。

閉ぢたりし　岩間の氷　うち解けば　緒絶（おだ）えの水も　影見えじやは

要約すると、

「岩間のなかの氷のように、わたくしに対し、固く心を閉ざしている皆さんが、打ち解けてくれるなら、わたくしも姿を見せるわ。どうか、温かく迎えてはくれないかしら」

となり、式部はこの歌に、そういう願いをこめたのです。

ほどなく、相手の返歌が贈られてきました。

深山辺の　花吹きまがふ　谷風に　結びし水も　解けざらめやは

ごく簡単に訳せば、

「深山の花をそよがす春の温かい谷風に、堅く閉ざされた氷も、解けないはずはないでしょう」

となりますが、「深山の花」は「内裏の奥深くに住む女房たち」を示し、「谷風」は「彰子中宮」のことです。「結びし水（氷）」は当然、紫式部の心を指しています。

返歌を送った女房は暗に、

「氷はあなたよ。わたくしたちはあなたに、何もしてやれない。中宮様を頼りなさいな」

と言っているのです。

けっこう突きはなしたようにも取れる歌で、少しでも優しい声を聞きたかった紫式部は、相応にショックを受けたことでしょう。

この返歌が原因かどうかは分かりませんが、紫式部はいっそう長く家に引きこもることになります。


こうして、また数日が経ったころ、宮中から使いがやってきて、

「『春の歌』を献上せよ」

と伝えます。紫式部は、彰子中宮に今の自分の心境を訴えてみようと思いました。

み吉野は　春の気色に　霞めども　結ぼほれたる　雪の下草

「み吉野」には、「御代」の意味がふくまれています。

「み吉野をはじめ、内裏全体が春の景色となって、霞もかかっているのだろうけれど、わたくしは雪におおわれ、凍りついた下草のように身をちぢこませて、じっとしている」

と、中宮（のひきいる御殿）を賛美しながらも、自分を卑小化した歌を献上しました。

春の献上歌としては暗い内容ですが、紫式部はあえて、そう詠むことで、中宮のみならず、皆に自分の気持ちを訴えようと考えたのでしょう。

　一月、二月がすぎても、紫式部は宮中に参内しませんでした。当たり前のことに、もともと紫式部のことを快く思っていない女房たちの間に、非難の声が高まります。

「たった数日しか勤めていないのに、しかも病気でもないのに、実家で休んでいるだなんて、本当に非常識だわ」

「新参者なのに、まるで、自分が上臈（身分の高い女官）にでもなったつもりかしら」

と、まぁ、こんな反応だったのでしょう。

三月になると、中宮付きの女房から、

「いつになったら、来られるのか」

との催促の手紙が送られてきましたが、それでも紫式部は頑として動こうとしません。

古参の女房たちの非難の声が、紫式部の耳にもはいってきて、よけいに意固地な気持ちになってしまったのです。

紫式部はこういう歌を詠みました。

「『かばかり思ひくしぬべき身を、いといたうも上衆めくかな』と人のいひけるを聞きて」（詞言）

わりなしや　人こそ人と　言はざらめ　みづから身をや　思ひ捨つべき

「思ひくしぬべき身」とは、「思い悩んで卑下している身」ということ。「いといたうも上衆めくかな」は、「まぁ、たいそう上臈ふうに振るまっているわね」となります。

また、「わりなしや」は「なんて、ひどい」であり、「人こそ人と言はざらめ」は、「人（わたくし）を人として扱わず、見下していると言っていますが」という意味になります。

全体を通して、歌を訳すと、

「なんて、ひどい。あの人たちはわたくしを人として扱わず、人以下のように言っている。けれど、他人がどう言おうとも、わたくしは自分を見捨てることはしないわ」となりましょうか。

ふつう、職場の同僚から悪口を言われたら、気の弱い人間だと「職場復帰」は難しい気がします。でも、この辺でついに、紫式部は「開きなおり」ともいえる強さを示します。紫式部の立場は、ただの新入社員とはちがいます。彼女は彰子中宮の身辺の世話をするだけの女房ではなく、彰子の御殿を「文化的なサロン」にするための貴重な人材だったのです。

それゆえに、特別な配慮がなされていたとも思われます。紫式部は五ヵ月以上も欠勤状態でした。それが再出仕をゆるされたのは、平安時代のおおらかな人事制度のせいもあります。

「人事制度」などと、いかにも現代的な言葉を使ってしまいましたが、今日のような細かな人事規則はなかった、というのが正解です。たいていの事柄が慣習で成り立っていて、ほとんど何もかも、長老のような立場の人が、

「常識では、こうじゃな」

と判断したのではないでしょうか。

今回のような紫式部の件も、道長や倫子が、

「まぁまぁ、大目に見てやりなさい」

と、口添えをしたように、私は思います。

紫式部がいつ、宮中にもどったのか、その明確な史料はないようです。六月ごろという説もあれば、初秋ごろだったのではないか、という説もあります。

どちらにしても、相当に長い休みを取ったのちに、紫式部は宮中に復帰しました。

「一」の字も知らぬ「おいらか」な女房

紫式部は長い休みのあいだに、

「どうすれば、宮仕えをうまくやっていけるだろうか」

と思案したにちがいありません。初出仕のときのように、おろおろとして、ただ話が

できたというだけで、その人を頼ったりしていたら、また同じ失敗をくりかえします。

　そう考えていた矢先のことです。

　一条帝のふとした発言をきっかけに、紫式部にあだ名が付いてしまいました。紫式部が書いた物語（『源氏物語』の断章）を、帝が女房たちに音読させていたときのことです。

「この作者（紫式部）は、『日本紀（日本書紀）』をよく読んでいるのではないか」

と言ったのです。帝に悪気はありません。むしろ、この作者は博識だ、と率直に褒めたのですが、それを伝え聞いた左衛門内侍という女房が式部に、「日本紀の御局」などというあだ名を付けてしまいました。

「日本紀」はすべて、漢文で書かれています。このころ、漢文を習うのは男子のみで、女子は仮名文字しか教えられなかった時代です。女性が漢文を知っているという事実は、

「男勝りで、はしたないこと」

と言われていました。ですから、「日本紀の御局」というあだ名は、悪口でしかありません。

　それでなくとも、自分を批判的に見る女房や、もとから気のあわない女房もいるので

す。そこで、紫式部は一思案しました。

「わたくしは何も知らないのよ。『一』という漢字さえ分からないの」

と、無学をよそおった惚けた演技をしたのです。

紫式部が無学なわけがありません。しかし彼女は、その演技を押し通していきます。

すると、思いがけない変化が起きました。なんと、同僚の女房たちが、今までの紫式部に対する態度とは、打って変わった接し方をするようになったのです。

ここで、改めて『紫式部日記』（山本淳子編）を見てみましょう。

「かうは推しはからざりき。いと艶に恥づかしく、人見えにくげに、そばそばしきさまして、物語好み、よしめき、歌がちに、（中略）見るには、あやしきまでおいらかに、こと人かとなむおぼゆる」

前半は同僚たちが思っていた、以前の紫式部の印象です。

「こうは推定できないかしら。（わたくしが）気どっていて、威圧的で、よそよそしい。

物語好きで、何かといえば歌を詠み……」

このあとも悪口がつづきます。とにかくひどい評価をされていた紫式部ですが、後半の文は、

「それが実際に会ってみたら、ふしぎなほど、おいらか（おっとりした感じ）で、別の人かと思ったわ」

と、逆転した評価となっています。紫式部の「作戦」は大成功でした。

同時に彼女は、反省もしました。

「恥づかしく『人にかうおいらか者と見落とされにける』とは思ひ侍（はべ）れど、ただ『これぞわが心』と習ひもてなし侍る有様」

意訳すれば、こうなります。

「自分が何も分かっていなかったことに気づき、わたくしは恥ずかしくなった。自分が演技をすることで、『人においらか者と見下され』、皆が安心したことは分かったけれど、

演技をすること自体が、心中で他人をバカにしていたのだ。わたくしは何と、傲慢な女なのか。それならむしろ、『これこそが自分の本性のように見せよう』と思い、その努力をつづけることにしたのである」

　つづきの文があります。

「宮の御前も、『いとうちとけては見えじとなむ思ひしかど、人よりけにむつまじうなりにたるこそ』と、のたまはする折々侍り。くせぐせしく、やさしだら、恥ぢられ奉る人にもそばめたてられで侍らまし」

　これは、つぎのような意味です。

「その姿を見た中宮さまが、『あなたとこんなに打ち解けるとは思ってもみなかったけれど、ふしぎと他の方より仲が良くなってしまったわ』と、折に触れて、おっしゃられる。癖があって、優雅ぶって高圧的な上臈の方々からも、眼を向けてもらえるようにしたいものだと思う」

紫式部はようやくにして、宮中で生きる道――「おいらかな心」を見つけだしたようです。

第六章　藤原道長は「ソウルメイト」

『源氏物語』は帝への最高の献上品

ようやく宮中に自分の居場所を得た紫式部。『源氏物語』を書き進めることにより、「物語の続きを読みたい」

という読者は、増えつづけていきました。

かの一条天皇でさえ、続篇を待ちのぞんでいるのですから、帝に仕える貴族たちも、物語の写本を争うように求めはじめます。

道長自身も文学好きだったようで、『源氏物語』を読みこみ、内容を把握していました。

道長としては、紫式部を宮中に入れたことが、「これほどに大きな成果を得られる」とは、思っていなかったでしょう。そのくらい『源氏物語』の人気は、群を抜いていたのです。

一条帝は、物語の最新版を読むために、道長の娘・彰子(しょうし)の御殿へ足繁く通うようになりました。

ちなみに彰子中宮が住む藤壺(ふじつぼ)御殿は、帝の住まい、清涼殿(せいりょうでん)のすぐ近くでした。彰子が女御（にょうご）として入内（じゅだい）したときに、道長は政治力を使って、そのように手配したのです。

道長は広大な荘園を所有し、経済力（財力）の面でも、他の貴族を圧倒していました。彰子の住み暮らす藤壺御殿を華麗に飾り立て、高価で上質な絵巻物や書物をふんだんに収集できたのも、その財力の賜物（たまもの）だったのです。

さらに、彰子に仕える女房として、知性あふれる女性をあつめようとしました。紫式部、しかり。和泉（いずみ）式部や赤染衛門（あかぞめえもん）などの有名な歌人も、彰子付きの女房として出仕させたのです。

おそらく道長は、亡くなった定子（ていし）皇后の御殿を意識していたのでしょう。清少納言をはじめ、すぐれた女流歌人や文人をよび寄せた定子の御殿（登華殿（とうかでん））は、一条天皇のお気に入りだったのです。

前章で私は「定子サロン」と言いましたが、それに負けない御殿、『彰子サロン』を、道長はつくりたかったのだ」と思います。

そんな道長の計略のなかで、紫式部は「いちばんの功労者」でした。宮中に出仕した当初、容易にその雰囲気になじめず、すぐに彼女は里（実家）に帰ってしまう。しかも何ヵ月も休んでいたのですから、道長は相当にやきもきしたはずです。

しかし、紫式部はどうにか再出仕したあと、宮中での暮らしや仕事にも慣れ、再度、物語の執筆を開始します。それを見て、道長は、ほっとしました。そして、出来あがった物語をさっそく帝に差しだすと、たいそうご満悦で、道長は、

「自分の狙いが間違っていなかった」

と確信します。

道長は紫式部の才能を高く評価し、貴重な紙や上等な硯（すずり）、墨（すみ）などをあたえました。

『源氏物語』は全体としては長篇小説ですが、五十余の短篇に分かれています。一つの短篇が仕上がるごとに、道長はそれを製本させて、表紙を付けたのち、帝に献上したようです。

そんなふうにして、紫式部がつぎつぎと物語を書いていかなければ、彰子の御殿へと通う帝の足がとどこおってしまいます。そのため道長は、

「まだ新作はできぬのか」

と、たびたび紫式部に催促したようです。

まるで流行作家と出版社の社長か編集長みたいな関係ですが、それほど道長は、作家・紫式部にご執心で、自身も『源氏物語』のファンであったのです。

今に残る『紫式部日記』

紫式部は『源氏物語』執筆のかたわら、日記を書いていました。すでに本書でも、いくどか引用していますが、たんなる個人の日記ではありません。天皇や道長など、お上に提出し、公表されるもの――これまた、「献上品」の一つです。

ここでは宮中での出来事にいったん話をもどし、主として前掲の山本淳子編『紫式部日記』をもとに、どんなことがあったかを語っていきましょう。

時は寛弘五（一〇〇八）年の九月。紫式部が宮中に出仕してから三年弱が経ったころ、彰子中宮がめでたく懐妊しました。女御として入内して八年以上も、彰子は子宝に恵まれなかったのです。それだけに、「父・道長の喜びは大きかった」と思います。

道長はあれやこれやと手を尽くし、娘の彰子を中宮（妃）におさめて、一条天皇が頻繁に彰子の御殿をおとずれるよう配慮をしました。何としてでも、天皇の子（男子）を産ませ、その子を嫡子の候補にしなければ、「自分の権力を維持できない」と考えたからです。

そうした道長の思いがようやく実現しかかっているのですから、彼は必死になって、安産祈願をします。その様子が『紫式部日記』には、詳しく記録されているのです。

「後夜の鉦打ち驚かして、五壇の御修法の時始めつ。我も我もとうちあげたる伴僧の声々、遠く近く聞きわたされるほど、おどろおどろしく尊し」

訳してみます。

「後夜（午前四時ごろ）の定刻に鉦が打ち鳴らされ、五大明王を安置する五壇のまえで加持祈祷がはじまった。我も我もと、声を張りあげる僧たちの声。それが遠く近くに響きわたる様子は、ものものしく威厳がある」

未明といっても良い頃合いでしょう。あわただしく鉦が鳴らされ、何十人かの僧侶による、加持祈祷がはじまります。道長の別邸（土御門殿）は、約七千坪ともいわれる広大な屋敷。その一角に僧たちを寝泊まりさせ、安産を祈願させるのです。

「観音院の僧正、東の対より二十人の伴僧を率ゐて御加持参り給ふ足音、渡殿の橋のとどろとどろと踏み鳴らさるるさへぞ、ことごとの気配には似ぬ」

つぎが、訳です。

「そのあと、観音院の僧正が二十人の家来の僧をひきいて、東の対（座敷）から御加持をすべく、こちらへ向かってくる。渡り廊下の橋を踏みならす、とどろとどろという足音さえも、尋常ではない気配を感じさせる」

まだ薄暗い。かがり火が灯されている邸内に、鉦の音と僧たちの加持祈祷の声が響く。そして、僧たちが彰子の部屋に向かう足音の物々しさを描くことで、「彰子の出産がいかに大がかりで、重要なことだったか」を、紫式部は伝えているのです。

やがて彰子は出産の日を迎え、若宮誕生の時がやってきました。

このとき、彰子のそば近くに侍(はべ)っていたのは、近親者と位の高い女房たちだけでした。彼女らに比べて紫式部は低い身分の女房ですが、道長から、「出産の記録をするように」と命ぜられていたため、特別に同席することが出来たようです。

「御いただきの御髪(みぐし)おろし奉(たてまつ)り御忌(おんい)むこと受けさせ奉り給ふほど」

当時は出産のさいに、母親が亡くなる場合も多いため、念のために彰子の頭髪の一部を少し削ぎ、出家の儀式をおこないます。

そうして陣痛がはじまってから三十六時間ほどの難産でしたが、彰子は無事、男子を出産しました。

「後のことまだしきほど、さばかり広き母屋・南の廂・高欄のほどまで立ち込みたる僧も俗も、今一よりとよみて、額をつく」

後産がまだ残っていますが、あれほど広い母屋、南の廂の間、回廊の欄干のあたりまで、ひしめきあうようにあつまっていた僧や、屋敷の雇われ人たちも、今一度どよめき、「床に額を付けて、ひれ伏す」

というわけです。

怪しい歌のやりとり

『紫式部日記』は一種の公文書であり、お上に差しだす「献上品」ですから、ときには自分にとって障(さわ)りのあることを削り、装飾用の言葉を書きつらねたこともあったかもしれません。

すなわち、完全なノンフィクションではなく、フィクションのところも多少なりとあったかと思うのですが、なかに、こんな怪しげな式部と道長の歌のやりとりもあります。

まずは道長からのものです。

すきものと　名にし立てれば　見る人の　折らで過ぐるは　あらじとぞ思ふ

彰子は出産のため、里（土御門殿）に帰っていました。紫式部もいっしょです。

彰子がいる座敷には、妊婦が好む梅の実が用意されていました。また、彰子のかたわらには、愛読書の『源氏物語』が置かれています。

そういうなかで、道長は梅の実の敷き紙を一枚抜いて、さらさらと歌を書きつけ、紫式部に手わたしたのです。

それが、さきの歌ですが、語句の意味を明かしておきましょう。

「すきものと　名にしたてれば」は「酸っぱい梅の実は美味として知られる」ということですが、「すきもの」は好き者（好色な人）の意をふくんでいます。

歌の後半も通して、全体を訳せば、

「酸っぱい梅の実は、美味と言われる。見た人が（梅の木を）手折らずにはいられないと思うが、いかがかな」

と、問うているわけです。

この歌のさらなる底意には、

「『源氏物語』の作者は「好き者」として知られている。男が口説かずにはいられないはずだが、どうだろう」

ということがあるか、と思われます。つまり、冗談半分で道長が歌を詠んだとしても、紫式部に対して、誘いをかけているかのように読めるでしょう。

紫式部は歌を返しました。

人にまだ　折られるものを　誰かこの　すきものぞとは　口ならしけむ

簡略に訳せば、

「わたくしはまだ、男性に手折られたこともないのに、だれがそんなわたくしのことを、『好き者』などと言いふらしているのかしら。本当に心外なことだわ」

となります。

「口ならし」は「酸っぱい梅の実を食べて口を鳴らす」と「言葉巧みに言いふらす」の両意を掛けています。

紫式部は結婚した経験もあるし、子どもがいることは周知の事実ですから、「男性に手折られたことがない」と詠んだのは、道長の歌に彼女のほうも戯れ言（冗談）で返したわけで、

「道長さまは冗談がお好きね」

とばかりに、するりとかわしたのではないでしょうか。

この歌を引き合いに出して、

「紫式部は道長の愛人ではなかったか」

という話も伝えられています。しかし、紫式部の側では、はっきりと道長の誘いを断わったのですから、まるで根拠はなく、「何をか言わんや」でしょう。

ところが、じつはこのあとに、もう一つ、気になること（歌のやりとり）があったのです。

「渡殿（わたどの）に寝たる夜、戸を叩く人ありと聞けど、おそろしさに音もせで明かしたるつとめて」（詞書（ことばがき））

この詞書の意は、

「渡殿の局で寝ていた夜、局の戸を叩く人がいる。わたくしはおそろしくて、声も出せずに夜を明かした早朝に」

となり、戸を叩いた本人（男性）の歌は、つぎのものです。

夜もすがら　水鶏よりけに　なくなくぞ　真木の戸口に　叩きわびつる

歌を意訳してみます。

「自分は一晩中、戸を叩くような声で鳴く水鳥以上に、切ない思いで、堅い真木の戸をいくども叩きながら、嘆いていたのだよ」

紫式部は、すぐに歌を返しました。

ただならじ　戸ばかり叩く　水鶏ゆゑ　開けてはいかに　悔しからまし

訳しますと、

「ただならぬ感じで、水鳥よりも盛んに戸を叩く人（あなた）がいたの。それでもし、わたくしが戸を開けていたら、どれほど後悔することになったかしらね」

という内容です。

戸を叩いたのは道長だという想像も成り立ちますが、それは明記されていません。本当のところは不明です。しかも紫式部は、戸を開けずに、拒否したことになります。

紫式部と道長の本当の間柄

その後、紫式部と道長の仲はどうなったかというと、もはや何の歌のやりとりもなく、記録も残っていないため、まるで分かりません。

ただし、紫式部は分別盛り（ふんべつざかり）の三十代後半（今日だと、五十歳）、道長は四十半ば（六十すぎ）で、初老の身。

もしや何らかの関係があったとしたら、まさに「老いらくの恋」ということになりましょう。

今井源衛氏は『人物叢書　紫式部』（吉川弘文館）のなかで、こんなふうに書いています。

「……左大臣ともあろう者が、事前に何の手も打たず、前ぶれもなしに、いきなり夏の夜中にのこのこと女房の局の戸を叩きに出かけて、開けてももらえずすごすごと引き揚げるとは、何という醜態か。道長としては、出来が悪過ぎるのである」

いずれ、『源氏物語』と作者の紫式部があまりにも有名になったために、これらの歌の交換について、後世の人びとは、さまざまな解釈をしてきました。

今井氏は「日記にも家集にも相手が誰とはいっていない」のに、「藤原定家の撰した『新勅撰集』には道長だとある」と指摘。根拠のない俗説をもとに、定家は「道長だ」と書き、さらにそれをもとにして、中世の『尊卑分脈』などの文書類が出現したのではないか、と説いていています。

『尊卑分脈』というのは、南北朝時代に編纂された諸家の系図の集大成ですが、そのなかで、紫式部の注に「御堂関白道長公妾云々」と記されていました。「妾」はいわゆる愛人（側室）ということで、最後の「云々」は「〜と言われている」という意味です。

「それでは、やはり、道長の愛人だったというのは本当ではないか」

と思われる方もあるかもしれません。が、これがおそらく定家の残した言葉の影響下にあること、くわえて「云々」と付けられていることに注目してください。

要するに「聞き書き」ということで、道長の系図中に「紫式部」の名があったとしても、事実かどうかは判ぜられない、ということです。編纂者が、「紫式部は有名人だし、たしか道長公に雇われていたはず。それに艶っぽい歌も残っているし、『妾』というかたちで入れておこうか」などと考えたかもしれません。

西暦一三七六年に成立したといわれる『尊卑分脈』ですが、源氏、平氏、藤原氏などの主要な系図集なので、たいそう貴重な史料と見なされています。けれど間違いも多く、とくに伝聞の記述については、かなり疑わしいようです。

角田文衛氏も、「一瞥したところでは、なんの不思議もない系図であるけれども、よく検討してみると（中略）、錯簡とも言うべき重大な誤写がそこに認められる」（『紫式部とその時代』角川書店）としています。

また、『源氏物語の謎』（三省堂選書）の著者・伊井春樹氏も、その辺のことを語り、「……これだけの記述から先を読み取るのは不可能と言うほかはない」と結論づけていますし、例の『尊卑分脈』に関しても、ただの歌のやりとりからの「類推による」もので、取るに足らない、と見なしています。

もう一つ、これまた、今井氏の『人物叢書　紫式部』に詳しく書かれていることですが、道長の健康状態はあまり良くなかった、という事実を付け加えておきます。

藤原道長といえば、つぎの歌が有名です。

この世をば　我が世とぞ思ふ　望月（もちづき）の　欠けたることも　なしと思へば

「この世は自分のものと思っている」などと歌に残した道長は、権力欲が強く、妻と愛人が何人もいましたので、精力がみなぎっている人物に思えますが、じつは意外と病弱だったみたいです。

長徳四（九九八）年、道長が三十三歳のときに大病を患い、死を覚悟したのか、帝に出家を願いでたことがありました。このときは無事に治りましたが、その後も、たびたび体調を崩すことがあったのです。

とくに道長が紫式部と歌のやりとりをした、といわれる寛弘五年の夏は、病気のために参内もしていません。

また、道長が著わした『御堂関白記』によれば、風病（風邪など）の記述も多く、五十歳のときには「糖尿病」と疑われるような症状も出ていたようです。

以上のように見てきますと、

「紫式部と道長の間に、恋愛関係はなかった」

それどころか、相聞歌めいた歌の交換も、ふたりのものではなかったのではないか、とすら思われます。

にもかかわらず、紫式部と道長のふたりを強引にむすびつけてしまう小説が最近、多く出まわっています。

知己(ちき)の作家もいますし、ここでは書名と著者の名は出しませんが、いずれの内容も、ふたりは恋仲となり、式部は道長の愛人となる、というものです。なかには、ふたりの間には子どもも産まれ、紫式部が育てるなどという、とんでもない小説までが出版されています。

本書には、嘘偽りは書きません。道長は紫式部の良きパトロンであり、心と心の通いあう「ソウルメイト」だったのです。

第七章

『源氏物語』を「私小説」として読む①

源氏物語の構成

帖数	巻名	光源氏、薫の年齢とできごとなど
	一部	
1	桐壺（きりつぼ）	光1歳。桐壺更衣死去。
2	帚木（ははきぎ）	光17歳。空蝉との契り。
3	空蝉（うつせみ）	
4	夕顔（ゆうがお）	夕顔の死。
5	若紫（わかむらさき）	光18歳。藤壺が光の子を身ごもる。紫の上引き取る。
6	末摘花（すえつむはな）	
7	紅葉賀（もみじのが）	藤壺、皇子を産む。
8	花宴（はなのえん）	光20歳
9	葵（あおい）	光22歳。葵の上死去、紫の上と結婚。
10	賢木（さかき）	桐壺帝死去。
11	花散里（はなちるさと）	花散里と出会う。
12	須磨（すま）	光26歳。政争に巻き込まれ須磨に下る。
13	明石（あかし）	明石から召喚されて都に戻る。
14	澪標（みおつくし）	六条御息所死去。
15	蓬生（よもぎう）	末摘花と再会する。
16	関屋（せきや）	空蝉と再会する。
17	絵合（えあわせ）	光31歳

帖	巻名	部		備考
18	松風（まつかぜ）	一部		
19	薄雲（うすぐも）	一部		紫の上、明石の姫君を育てる。藤壺死去。
20	朝顔（あさがお）	一部		
21	少女（おとめ）	一部		光33歳
22	玉鬘（たまかずら）	一部	玉鬘十帖	玉鬘十帖は、光の死んだ恋人の娘の物語が描かれる。
23	初音（はつね）	一部	玉鬘十帖	光36歳
24	胡蝶（こちょう）	一部	玉鬘十帖	
25	蛍（ほたる）	一部	玉鬘十帖	
26	常夏（とこなつ）	一部	玉鬘十帖	
27	篝火（かがりび）	一部	玉鬘十帖	
28	野分（のわき）	一部	玉鬘十帖	
29	行幸（みゆき）	一部	玉鬘十帖	
30	藤袴（ふじばかま）	一部	玉鬘十帖	
31	真木柱（まきばしら）	一部	玉鬘十帖	
32	梅枝（うめがえ）	一部		光39歳
33	藤裏葉（ふじのうらば）	一部		准太上天皇となる。
34	若菜上（わかなじょう）	二部		第2部は光の晩年から死まで。源氏は女三宮と結婚。
35	若菜下（わかなげ）	二部		妻、女三宮が柏木の子を身ごもる。
36	柏木（かしわぎ）	二部		光48歳。女三宮出産、柏木死去。

37	横笛(よこぶえ)	二部		光49歳
38	鈴虫(すずむし)			光50歳
39	夕霧(ゆうぎり)			
40	御法(みのり)			光51歳。紫の上死去。
41	幻(まぼろし)			光52歳。出家を決意する。
	雲隠(くもがくれ)			2部の最後は「巻名」のみとされ、光源氏はこの空白期間に亡くなっていると考えられる
42	匂宮(におうみや)	三部	匂宮三帖	薫14歳。匂宮三帖は、作者が違うとする説もある
43	紅梅(こうばい)			
44	竹河(たけかわ)			
45	橋姫(はしひめ)		宇治十帖	薫20歳
46	椎本(しいがもと)			薫23歳
47	総角(あげまき)			
48	早蕨(さわらび)			
49	宿木(やどりぎ)			
50	東屋(あずまや)			
51	浮舟(うきふね)			薫27歳
52	蜻蛉(かげろう)			
53	手習(てならい)			
54	夢浮橋(ゆめのうきはし)			薫28歳の段階で物語が終わっている

「私小説」って何？

この章のはじめに、他章で書いたものとの重複もありますが、紫式部の『源氏物語』とは一体どういうものかを、簡略に紹介しておきましょう。

『源氏物語』は西暦一〇〇一年ごろに起筆されたのではないか、と言われていますが、文字数約百万字、登場人物約五百人という大長篇小説です。十一世紀初頭の文学作品で、ヨーロッパをふくめ、海外でも女性作家によるこれほどの長篇恋愛小説は類がなく、現在では三十以上の言語で翻訳されているそうです。

物語は全体で五十四帖（巻）に分かれており、内容から推して「二部構成説」もありますが、「三部構成ではないか」とする説が有力です。

そこで「三部構成説」を採るとすれば、第一部は、源氏の多くの女性との恋愛模様と、朝廷内の名誉ある地位を得るまでの波乱に満ちた半生が描かれています（一「桐壺」〜三十三「藤裏葉」）。

第二部は、最愛の人との別れや、出家など源氏の後半生となります。（三十四「若菜」

〜四十一「幻（まぼろし）」）。

第三部は、源氏の子孫たちが繰りひろげる愛の苦悶を描き、憂いに満ちた「もののあわれ」の世界が展開されます（四十二「匂宮（におうのみや）」〜五十四「夢浮橋（ゆめのうきはし）」）。

ただし、第三部は主人公の光源氏が亡くなってからの物語で、のちの章でまた語りますが、「本当に、紫式部が創作したものか、否か」と、疑問視する向きもあります。


さてさて、本題に行きます。本書中、いちばんに力がはいってしまいそうですが、ここはむしろ、余談雑談などをまじえて、気楽にいきましょう。

私は歴史時代作家として知られるようになりましたが、本来の分野は純文学——私小説です。それでは、

「私小説とは、どんなものか」

簡単に言いますと、「私」すなわち自分のことを書いた小説です。自分の生活や人生ですが、ありのままをダラダラとつづるのではなく、おりおりの自分の心情や喜怒哀楽、怨恨（えんこん）、鬱屈（うっくつ）……内面的なものも語らねばなりません。

英語にすると、

What is a life ?

生きる意味を問うていく小説です。my life ではなく、a life という点に注目してください。

「人生とは何か」「生きるとは何か」

そういうふうに少し広げて考えると、人の生き方や心のあり様(よう)を描いた小説は、すべて「私小説」なのかもしれません。

分かりやすくするために、私自身の作品を踏まえて、四つのパターン別にしてみましょう。

一　私と私の家族（次男）との心の交流を書いたもの。

三十歳で突然死した次男。もともと高校時代の苛(いじ)めが原因で、精神を病んでいたのですが、彼とすごした日々を、いろんな角度から描いた長篇小説です。タイトルは『翔(しょう) wing spread』（牧野出版）といい、第一回の加賀乙彦賞を受賞しました。

二　『翔』で描いた私と家族との交流のさまを、時代を変えて書いたもの。
『家康と信康―父と子の絆』（河出書房新社）という長篇ですが、そのタイトルからも察せられるように、時代を戦国の世に移し、信長の命によって切腹せざるを得なかった息子（信康）と、父親（家康）の交情を描いています（瀬名こと築山御前も、主要人物として登場しますが）。

三　作者と主人公が、男と女――性別を変えて（超えて）書いたもの。
私の作品に関して言えば、若い時分に書いた「あたしの夏」と「あたしとアキコのインド」の二作（短篇）が、そうです。

前者は近親相姦を描いた実験小説。後者は恋人が同じ、つまりは恋敵同士がたまたま出逢い、ともにインド各地を旅してまわる物語です。

丘山真也子なるペンネームで「すばる文学賞」に応募しましたが、そのころ文芸誌「すばる」の編集長だった泉鏡花賞作家の石和鷹氏に見破られ、応募は取り消し。ただし、「秀作」として、すぐに掲載された作品です。

余談がすぎましたね。でも、肝心の『源氏物語』はこれとは反対に、女流作家の紫式部が男性の光源氏に成りかわった格好で書いた長篇小説です。語り手がだれかはともかく、その視点や洞察は、まさに光が式部に乗りうつっている、と言えましょう。

四　自分と自分の関係者を、物語の登場人物の一人（主人公をふくむ）に仮託するかたちで書いたもの。

この種の作品ならば、私にもたくさんありますが、代表的なものは生まれて初めて書いた歴史時代小説『北越の龍―河井継之助』（角川書店）でしょう。

編集者から「何か、時代ものを」と依頼されたときに、一度は「書けない」と断わったのですが、

「私小説の変化形ならば、書けます」

と引き受けたのが、これでした。全三巻という、私にしては大部の長篇『福沢諭吉』（作品社）も、同じようなものです。

『源氏物語』中では、「若紫」がそうではないでしょうか。作者の紫式部が若紫（紫の上）で、光源氏は早くに亡くなった夫の宣孝かもしれません。そういえば、「ずっと年上で、ひょうひょうとしていて、浮気者だった」というあたりも似ているような気がし

ます。

伊井春樹氏は『源氏物語の謎』で、紫式部は娘の賢子(けんし)を「若紫」になぞらえた、と語っていますが、その辺のことに関しても、あとでもう一度、考えてみましょう。

ともあれ、さきにいみじくも洩らしたように、二〜四は一の変化形。一が直球ならば、残りはすべて変化球となります。

まずは冒頭の「桐壺(きりつぼ)」の帖から

「私小説」にまつわる話では、私が「師」の一人と仰いでいた故瀬戸内寂聴氏が面白いことを言っています。

「わたくしが本当のことを書くと、読者は嘘かと思い、わたくしが嘘を書くと、読者は本当だと思う」

まぁ、意味深(いみしん)な言い方ですが、何も工夫を凝らさなくとも、本当の話は思うとおりに書けるのに、嘘の話はあれこれと細工して本当のように見せて書く——そういうことなのだと思います。

虚々実々、虚実皮膜（きょじつひまく）の論法（一種の私小説論）は、そっくり『源氏物語』にも当てはまると思うのですが、この物語、古来、多くの作者や論者が翻訳しています。

高校時代、私が与謝野晶子訳の「晶子源氏」を全巻、読み通したことは「はじめに」に書きました。今回は、瀬戸内寂聴訳の「寂聴源氏」（『源氏物語』講談社）をもとに、あれこれと繙（ひもと）いていくつもりです。

※以下『源氏物語』の原文引用は『新日本古典文学大系　源氏物語』（柳井滋他校注／岩波書店）に拠る。

ちなみに、『源氏物語』は長篇とされていますが、そのじつ、「短篇をあつめたもの——短篇集ではないか」と指摘されたり、「どこから書きだされたものか、分からない」などと取り沙汰されてもいます。

じつは、さきに「私小説」の一の例に挙げた私の『翔』も、当初は「三田文學」と「早稲田文学」の両誌に、バラバラに掲載された短篇をいろいろとつなぎあわせて、一つの長篇に仕立てたものなのです。
おそらくは『源氏物語』も同じで、「『若紫』書き出し説」が有力ですが、本書では今日残されている原書の順に、第一帖「桐壺」から見ていきましょう。

「いづれの御時にか、女御・更衣あまた侍ひ給ひける中に、いとやむごとなき際にはあらぬが、すぐれて時めき給ふ、有けり」（原文）

これが『源氏物語』の書き出しです。瀬戸内寂聴氏の訳を引いてみると、

「いつの御代のことでしたか、女御や更衣が賑々しくお仕えしておりました帝の後宮に、それほど高貴な家柄の御出身ではないのに、帝に誰よりも愛されて、はなばなしく優遇されていらっしゃる更衣がありました」

となります。
紫式部の曾祖父・藤原兼輔の娘・桑子も醍醐帝に仕える更衣であったことは、第一章で明かしたとおりです。紫式部は頭のなかで、「更衣」という下位の立場の女性が、帝

のいちばんの寵愛を受けたら、「宮中の他の女性はどう思うだろうか」と想像したはずです。

帝に寵愛された更衣は特別に局をあたえられます。それからは「桐壺の更衣」とよばれるのですが、帝の住む清涼殿からはもっとも遠い位置にある局でした。

中宮や他の身分の高い側室は、清涼殿の近くの局にいるわけですから、桐壺の更衣は必然的に遠い場所になるのです。

「御局は桐壺なり。あまたの御方がたを過ぎさせ給ひて、ひまなき御前渡りに、人の御心を尽くし給ふもげにことわりと見えたり」（原文）

ところが、その遠い場所に帝は足繁く通います。多くの妃たちの部屋を帝が通りすぎるたびに、中宮や側室たちの嫉妬の炎が燃えさかるのは、当然のことでしょう。

この物語の作者である紫式部は、じっさいに物語の舞台である宮中の内部を熟知しているわけです。ために、帝の足がどこに向かうか、という場面を描くことで、すさまじいほどの女たちの妬(ねた)みの強さを表現しています。

出仕当初に紫式部が感じた「なじめなさ」や「疎(うと)ましさ」が、ここに活(い)かされている、といえましょう。

やがて、桐壺の更衣は帝の子を身ごもり、世にも美しい男子(おのこ)を出産。帝はこの若宮を、大切にします。そうなると、すでに帝の第一子となる皇子(みこ)を産んでいる弘徽殿(こきでん)の女御は、心配でなりません。もしかすると帝は、

「桐壺の更衣が産んだ男子を跡継ぎにするのではないか」

と疑うのです。そのために桐壺の更衣は、さまざまな嫌がらせを受け、病んでしまい、とうとう、わが子が三歳になったときに、亡くなってしまいました。

帝は嘆き悲しみ、茫然(ぼうぜん)とするばかりです。母を亡くした若宮が六歳になったとき、帝は若宮を宮中に入れて、高麗人(こまびと)の観相家(かんそうか)に見せます。その占いによれば、

「この子の人相は帝王となる人相をそなえていますが、そうなると、国が乱れましょう。しかしながら、帝王を補佐する立場となれば、ちがうかと思われます」

というのです。

これを聞いたこともあり、帝は宮に「源氏」の姓をあたえ、臣下とすることで、禍(わざわ)いをふせごうとしたのでした。

時がすぎても、亡き桐壺の更衣を忘れられない帝は、桐壺の更衣に生き写しだといわれる、年若き藤壺(ふじつぼ)の宮を入内(じゅだい)させます。藤壺の宮の家は身分も高く、桐壺の更衣のように苛められる心配はありません。

帝は、かわいがっている源氏の君をたびたび連れて、藤壺の局をおとずれます。

「亡くなった母に似ている」

と知らされた源氏の君は、藤壺を慕い、親愛の情を寄せるのです。

そのころ世間では、

「光輝くような美貌の君を、光源氏」

とよぶようになります。

光源氏は十二歳となり、元服します。そして、左大臣の娘である四歳年上の葵(あおい)の上(うえ)と結婚するのです。けれども、葵の上は気位が高く、源氏は彼女になじむことが出来ません。

半面、藤壺を慕う気持ちは、いつしか苦しいほど恋いこがれるまでになっていました。

紫式部もやはり、幼いころに母親を亡くし、母の思い出がありません。彼女は「光源氏に成りかわる」ぐらいのつもりでいたのでしょう。三歳で母を亡くした光源氏に、自分の気持ちを託したのにちがいありません。まさに「私小説」そのものです。

「帚木（ははきぎ）」の帖――雨夜の品定め

『源氏物語』の内容に関する話をつづけます。

光源氏が元服してから五年。

五月雨（さみだれ）の降る夏の夜のことです。光源氏は、葵の上の実家である左大臣家には、たまにしか行きません。この日も、宮中の宿直所（とのいどころ）にいた源氏のもとに、親友の頭（とう）の中将（ちゅうじょう）、左（ひだり）

の馬頭(うまのかみ)、藤式部(とうしきぶ)の丞(じょう)の三人が訪ねてきて、女性の「品定め」について、あれこれと語っていました。

最初は、左の馬頭の饒舌(じょうぜつ)です。

女性についての一般論で、かなり長いので詳細は省きます。どこにでもあるような、ただの夫婦論だとか、微笑ましいほどにまじめな見解を披露。源氏も途中で飽(あ)いて、うとうとしてしまうのです。

これはまずいと感じたのか、左の馬頭は自分の密事を喋りだしました。すると、源氏も目を覚まします。左の馬頭は、かつて付きあっていた嫉妬ぶかい女だとか、浮気性の女のことを話すのですが、源氏は苦笑して聞いていました。

つぎに語ったのは、頭の中将です。

親もなく、不遇な女のことですが、おっとりとして優しく、控えめな性格でした。頭の中将は気に入っていたものの、浮気癖はやめられないので、その女を放っておきがちでした。それでも恨まず、頭の中将を頼りにしているふうだったのですが、突然、行方をくらましてしまったそうです。頭の中将は、

「いろんな女を並べて比べてみても、どの女が良いのかなんて、分からんものだ」

と、しきりに嘆いてみせました。

最後に藤式部の丞が、自分が文章生だったときに、博学な女と付きあった経験を語ってきかせます。

その女は寝物語にも、藤式部の丞の宮廷での仕事に役立つように、と漢学の話をして、恋文も漢文で書くという徹底ぶり。よくいえば、情が深く、藤式部の丞に尽くす女でした。

しかし、妻にするのは難しい、と思った藤式部の丞は、長いこと女のもとに通わずにいました。しばらくしておとずれると、あいだに御簾か几帳を立て、隔てた距離でしか逢おうとしなかったのです。

藤式部の丞はむっとしますが、女は彼の無沙汰を怒っていたわけではありませんでした。

女は重い風病にかかり、漢方のにんにくを服用していた。そのため口が臭く、対面するのをためらったということなのです。それでも、藤式部の丞が、

「承知した」

とだけ言いおき、帰ろうとしたときに、女は申し訳なく思ったのでしょう。大声で、

「この口臭がなくなったころに、また、お出でください」

と嘆願します。

そのおりに漂ってきた口臭は、

「それはもう、ひどいものでしたな」

と、藤式部の丞は源氏たちに明かし、一同、大笑いします。


ここに出てくる女性の話は、男目線で語られた女性評です。書いているのは紫式部ですから、例によって例のごとく、女流作家の彼女が男に成りきって、さまざまな女性を描き分けるのです。

また、女たちはだれも、中級か下級貴族の女性です。それに対して、光源氏は帝の子息であり、超上級の存在です。ふつうであれば、関係するはずのない階層の女性のことを語らせることで、これからはじまる光源氏の「恋の遍歴」の多様さを示唆しています。

「藤式部」という名は、紫式部に当初、付けられた「女房名」だったともいわれています。そして彼女の兄・惟規（これのり）と同じ、文章生でもありました。

さらに、漢学の教養がある女は、紫式部本人と同じように知的な女性に思えますが、これほどまでに女性を滑稽化した意図は何だったのでしょうか。

「夕顔（ゆうがお）」「空蝉（うつせみ）」の帖

ここで、ふたたび『源氏物語』――「夕顔」の帖の話です。

光源氏が六条のあたりに住まう、ある高貴な女性（六条の御息所（みやすどころ））のもとへ、ひそかに通っていたときのことでした。

その六条の屋敷を訪ねる途中、源氏は五条に住む乳母（めのと）のところへ見舞いに寄ろうと思います。乳母の邸宅のまえで、門の鍵が開けられるのを待つあいだ、源氏は牛車のなかから外の様子を眺めていて、白い夕顔の花が咲いている家を見つけるのです。

夕顔の花の向こうには、美しい女の影が透いて見え、源氏は関心を抱きます。彼は乳母の息子の惟光（これみつ）に、その家の女主人のことを訊（たず）ねますが、はっきりした答えは返ってきません。

源氏は惟光に、引きつづき女のことをさぐるよう頼んだのです。そして惟光が、頭の中将らしき男の車も見かけたという噂を源氏に伝えると、彼は、もしかすると「雨夜の品定め」で頭の中将が話していた、

「あの親のない、不遇な女ではないか」

と憶測するのです。

「たしか、夕顔とか言っていたな」

八月のある夜。源氏は惟光の手引きにより、その夕顔を連れだし、荒れ果てた廃院で一夜をともにしました。

つぎの日の夜のことです。美しい女（物の怪）が源氏の夢に現われ、目覚めると、異変が起こります。源氏のかたわらに寝ていた夕顔が、急に息絶えてしまったのです。

思うに、突然の心臓発作にでも襲われたのでしょう。

夕顔はやはり、頭の中将が話していた女だと判明しました。しかも夕顔には、頭の中

将との間にできた娘（玉鬘）もいたようです。源氏はその娘を引き取ろうとしましたが、行方が分かりませんでした。

ついで「空蝉」ですが、じつは、この女性に関してはすでに、「箒木」の帖の後半部に書かれているのです。本書では「雨夜の品定め」のほうを優先させたため、こちらにまわすことにしました。

それは、こういう話です。

光源氏は「方違」のために、紀伊守の屋敷をおとずれます。

紀伊守の父・伊予介は、大きく歳の離れた若い女を後妻にしていました。源氏はその後妻、空蝉に興味をもってしまいます。そして同夜、伊予介が不在だったこともあって、空蝉の寝所に忍びこみ、小柄な彼女を抱きかかえて、自分にあてがわれた別の寝所に連れていってしまうのです。

そのまま源氏は強引に関係をむすんでしまいます。空蝉は彼との身分の差を思い、かつ「不貞の罪」に怖れおののきます。

「もう二度と同じあやまちは、くりかえすまい」

と、おのれに固く誓うのですが、源氏のほうでは、空蝉のことを忘れることが出来ません。そこで彼は紀伊守の承諾を得て、空蝉の弟・小君（こきみ）を文使（ふみつか）いとして雇い、かわいがります。小君を利用して、空蝉に近づこうと考えたのです。

伊予介ばかりか、紀伊守も任地におもむき、女たちだけの屋敷になったときを狙い、源氏は小君の手引きによって、さりげない狩衣（かりぎぬ）姿となり、邸内に潜入します。

この日、紀伊守の妹・軒端（のきば）の萩（はぎ）も同邸をおとずれていました。

皆が寝静まった頃合いに、源氏は小君の導きで、またも空蝉の寝所にはいろうとしますが、空蝉は気配を察し、直前で逃がれてしまいました。そうとは知らず、源氏は空蝉の隣に寝ていた軒端の萩を彼女だと勘違いして、契（ちぎ）ってしまうのです。

あとで、ちがう相手だと気づき、源氏は舌打ちしますが、「後悔、さきに立たず」です。彼は、空蝉が脱出したさいに脱ぎ残した薄衣（うすぎぬ）の小袿（こうちき）をもち帰り、残り香をなつかしむのでした。

「若紫」「末摘花」の帖

源氏は十八歳となっています。瘧病（マラリア）を患った源氏は、効き目があると評判の加持祈祷をためそうと、北山の寺に向かいました。

高徳の聖から加持を受けて、夕刻になり、惟光と二人で散策しているときです。身分高き尼が誦経している姿と、かわいらしい顔だちの女の子（若紫）をかいま見るのです。少女は、源氏が恋するあの方――藤壺に似ていました。

源氏は、尼がいる寺の僧都から少女のことを聞きだし、少女は藤壺の姪にあたることを知ります。少女の父・兵部卿は藤壺の兄でした。少女の母はすでに亡くなっており、その母方の祖母（尼）が育てているとのことです。

源氏は住まいの二条院に少女を引きとりたいと望みますが、祖母の尼は良い返事をしませんでした。が、しばらくすると、その尼が亡くなってしまうのです。源氏は北山に向かい、少女を二条院へ強引に連れ去ります。

紫式部は、若紫の幼い時分の愛らしさを存分に描いています。

この若紫は式部自身のことを書いているのか。あるいは伊井春樹氏が『源氏物語の謎』で言うように、亡き夫・宣孝の忘れがたみ、賢子がモデルになっているのか。

賢子が無事に成長して、良い家（夫）に嫁ぐのを願いつつ書いた、とまで伊井氏は説いていますが、ともあれ、この帖では、少女の純真な美しさが見事に表現されています。

つぎに、「末摘花」の帖です。

源氏は、夕顔や空蝉のことを忘れられずにいます。そういう性分なのでしょう。けれど、

「失った女の代わりがいないか」

と、絶えず思いつづけてもいるのです。

ある日、大輔の命婦から気になる噂を耳にします。亡き常陸の宮が晩年にもうけた姫君が一人残されていて、琴を弾きながら、ひっそりと暮らしているというのです。源氏は、この姫君に関心を寄せ、

「一目だけでも姿を見よう」

と思い、常陸の宮邸の庭に忍びこむのですが、源氏の行動を怪しんだ頭の中将が、そのあとをひそかに付けていました。

二人は顔をあわせてしまい、源氏のたくらみは実現しません。しかも源氏への競争意識から、頭の中将は姫君に恋文を送るようになります。源氏も恋文を送りますが、二人の恋文に対して、彼女からは何の返事もありませんでした。

それでも、大輔の命婦のおかげで、どうにか逢うことができ、源氏は姫君と閨（ねや）をともにします。暗い雪の晩のことで、翌朝、雪明かりに映える姫君の顔をさだかに見て、源氏は仰天します。

姫君は座高が高く、鼻も象のように垂れ下がっていたのです。しかも鼻の先が赤く、まるで末摘花（紅花（べにばな））のようでした。

源氏は二条の院で若紫と遊びながら、自分の鼻に紅を付けて、

「大変だ、どうしても紅がとれない」

などと言って、悪ふざけをしたりする始末です。

第二章で私は、紫式部は十人並みの器量ではないか、と書きましたが、何で彼女は、この帖に「末摘花」のような醜女(しこめ)を描いたのでしょう。物語に変化をもたせたいがためか、もしくは、

「源氏はどんな女性に対しても優しい。外見はいくら醜くとも、心根の良い女は大切にするのだ」

と言いたかったのかもしれません。

じっさい、ここで笑いものにされた姫君（末摘花）は、のちに「純粋で誠実な女」として再登場し、源氏は二条の院に彼女を迎え入れます。

「紅葉賀(もみじのが)」の帖――藤壺との関係

「紅葉賀」には、好色な老女・源(げん)の典侍(ないしのすけ)と契る話も出てくるのですが、ここで取りあげるべきはやはり、幼いころから憧れていた藤壺との事の顚末(てんまつ)でしょう。

朱雀院への行幸のさいにおこなわれる舞楽の催しは、しきたりにより、宮中の妃たちが観覧することは出来ません。

一条天皇は、藤壺の宮も参加が無理なことを残念に思い、清涼殿の前庭でその舞楽の予行演習をさせて、藤壺に見せるように取りはからいました。

源氏と頭の中将は、「青海波」を踊ります。

藤壺は源氏が舞う姿をまぶしく見るのですが、帝のまえでは気がとがめるばかりです。

「どういうこと?」と思われる読者の皆さんも、多いでしょう。

じつは『源氏物語』には、冒頭部に「亡母に似ているという藤壺の宮を恋い慕う」と、少年のころの光源氏のことが書かれているだけで、ふたりが最初に睦みあったときの場面は描かれていないのです。

断片的にはしかし、それを匂わせる言葉が出てきます。たとえば「帚木」の帖には、女房たちの噂話で源氏は自分のことが話題になっていることを知り、「あの秘め事」をだれかが口にしはしないか、と気に病むところがあります。

「若紫」の帖では、やや唐突な感じで、二度目の逢う瀬にかかわる数行が記されています。

原文は、以下のとおりです。

「藤壺の宮、なやみ給ふことありて、まかで給へり。上のおぼつかながり嘆ききこえ給ふ御けしきも、いといとおしう見たてまつりながら、かかるおりだにと、心もあくがれまどひて、いづくにもいづくにも、参うで給はず」

瀬戸内寂聴訳では、こうなります。

「藤壺の宮のお加減がお悪くなられて、宮中からお里へお下がりになられました。
帝がお気をもまれ、御心配遊ばしてお嘆きになる御様子を、源氏の君は心からおいたわしいと拝しながらも心の一方では、
『こんな機会を逃してはいつお逢いできよう』

と、心も上の空にあこがれ迷い、ほかの通いどころへはどこへもいっさいお行きにならず」

続きは、王命婦が源氏を藤壺の宮の御帳台まで引き入れたさいの、ふたりの心境となります。

「いとわりなくて見たてまつるほどさへ、うつつとはおぼえぬぞ、わびしきや。

宮も　あさましかりしをおぼし出づるだに　世とともの御もの思ひなるを、さてだにやみなむ、と深うおぼしたるに、いとうくて、いみじき御けしきなるものから、なつかしうらうたげに、さりとてうちとけず、心ふかうはづかしげなる御もてなしなどの　なを人に似させ給はぬを、などかなのめなることだにうちまじり給はざりけむ、とつらうさへぞおぼさるる。何事をかは聞こえつくし給はむ」（原文）

「源氏の君は夢の中にまで恋いこがれていたお方を目の前に、近々と身を寄せながらも、これが現実のこととも思われず、無理な短い逢瀬がひたすら切なく、悲しいばかりです。藤壺の宮も、あの悪夢のようであったはじめてのあさましい逢瀬を思い出しになるだけでも、一時も忘れられない御悩みにさいなまされていらっしゃいますので、せめて、ふたたびはあやまちを繰り返すまいと、深くお心に決めていらっしゃいました」（瀬戸内訳）

ところが、です。「あやまちを繰り返すまい」も何も、藤壺の宮は源氏の子を懐妊してしまうのです。

そして、ここからが「紅葉賀」の帖となりますが、生まれた男子の顔は源氏にそっくりなのに、帝はまさか彼の子だとは思いません。

「例の、中将の君（光源氏）、こなたにて御遊びなどし給ふに、抱き出でたてまつらせ給（たまい）て、『御子（みこ）たちあまたあれど、そこをのみなむかかる程より明け暮見し。されば思ひわたさるるにやあらむ、いとよくこそおぼえたれ。いとちいさきほどは、みなかくのみあるわざにやあらむ』とて、いみじくうつくしと思ひきこえさせ給へり。中将の君、面の色変はる心地がして、おそろしうも、かたじけなくも、うれしくも、あはれにも、かたがたうつろふ心ちして、涙落ちぬべし」（原文）

「いつものように、源氏の君が、藤壺の宮のところで、管弦の御遊びなどがあるのに来合わせていらっしゃいますと、帝は若宮をお抱きになってお出ましになり、『皇子たちはたくさんいるけれど、そなただけを、こういう幼い頃から明け暮れ側に置いて見ていたものだ。そのせいでその頃のことが思い出されるからだろうか、この子は実にそなたに似ている。ごく小さい間は、みなこんなふうなのだろうか』と仰せになって、可愛くてたまらないと思し召していらっしゃる御様子でした。

源氏の君は顔色の変わる心地して、恐ろしくも、もったいなくも、嬉しくも、あわれにも、さまざまな感情が胸のうちに湧き移るようで、涙がこぼれそうになります」（瀬戸内訳）

この話の結びは、こうなります。

「宮は、わりなくかたはらいたきに、汗も流れてぞおはしける。中将は、なかなかなる心ちの　乱るやうなれば、まかで給ひぬ」（原文）

「藤壺の宮は、とてもおつらく居たたまれない思いに、汗もしとどになっていらっしゃいます。源氏の君は、若宮にお会いになって、かえっていっそうつらくなり、お心が掻き乱されるようなので、御退出されました」（瀬戸内訳）

ここで私は思うのですが、紫式部はなぜ、光源氏と藤壺のふたりの関係がこんなふうになるまでの前提、というか、経緯（いきさつ）をこれまでほとんど書かずにいたのでしょう。

本人は意図せず、たまたまそうなっただけなのか。あるいは、故意に「最初の逢う瀬」などは、はぶいたのか。それこそは源氏に託した「私」のことを秘そうとしていたのかもしれません。

ひょっとして、紫式部自身は描いていたのに、後世、その部分が紛失してしまったのでしょうか。

まるでフルコースの「前菜」のみ、さきに提供されて、メーンの魚か肉かは、ずっとあとになって、ふいに出されたような気がします。

大きな「謎」だし、私としては、ふしぎで仕方がありません。

それこそは紫式部の口から直接、「言い分」を聞いてみたいものです。

あらっ、ちょいと力を入れすぎたでしょうか。

第八章

『源氏物語』を「私小説」として読む②

葵の上と六条の御息所（みやすどころ）

前章でも記したように、『源氏物語』はとても長い小説で、登場人物も数えきれないほど、たくさんいます。

光源氏の「女遍歴」も、いつ果てるともなくつづきますが、すべてを連ねていたのでは、キリがありません。そこで本章では、前章に引きつづき、主要な人物とその動きを中心に語り、何とか最後の帖まで、たどり着きたいと思います。

まずは光源氏の正妻の「葵の上」からです。

左大臣の娘で家柄がよく、美人で上品で教養があり、彼女が非の打ちどころのない女性であった、と記されています。

光源氏とは、いわゆる「政略結婚」で、たがいに自分が望んだ相手ではなく、容易に折り合いが付きません。葵の上のほうが、だいぶ年上だったせいもあるのでしょう。まぁ、簡単に言うと、「冷めた関係の夫婦だった」というわけです。

【源氏物語人物相関図】

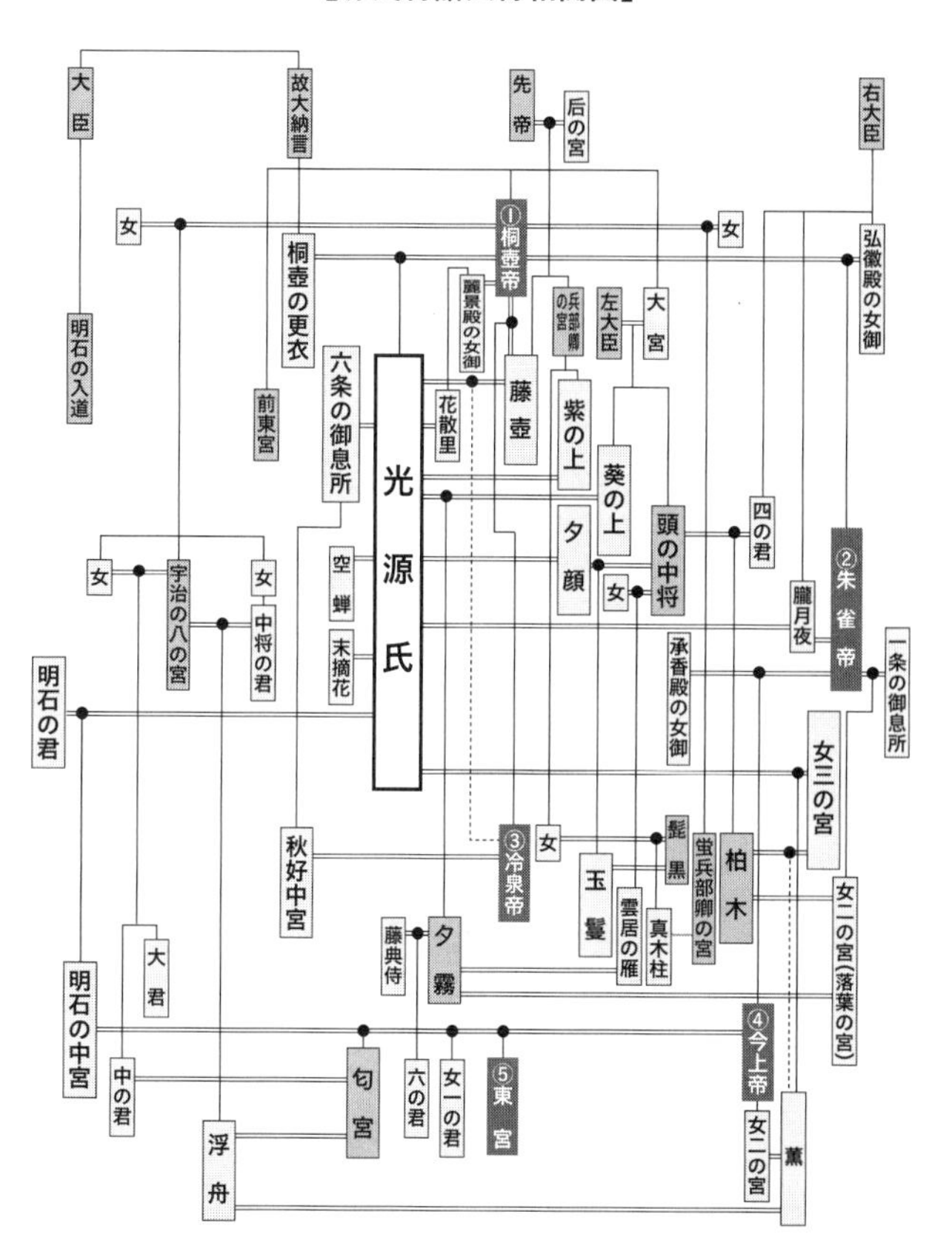

※═══は婚姻または愛人関係
①～⑤は帝の即位順

源氏が紫の上（若紫）を、おのれが新たに建てた二条院に住まわせたことで、二人のあいだには、さらなるミゾができてしまいます。

ところが、です。

曲がりなりにも正妻ですから、外での「女遊び」の隙をぬって、たまには通うこともあったのでしょう。結婚九年目にして、なんと、葵の上は懐妊します。

仲直りしたのかといえば、そうでもなさそうです。けれども、つわりに苦しむ葵の上の姿を見て、源氏は、彼女をいとおしく感じ、優しく世話をします。普段は放っておきながら、

「女に何かあると、優しくしてしまう」

という、源氏の変わらない性分でしょうか。

これで源氏と葵の上の関係がよくなるのでは、と一見、ハッピーな展開に向かうかのようですが、そこに一つの事件が起こります。

新斎院（しんさいいん）の御禊（ごけい）という行事があり、源氏が大将として行列に供奉（ぐぶ）する。それが、行事の目玉となっていました。おのれに仕える女房たちにせがまれ、身重（みおも）の葵の上は仕方なく

出かけます。

一条の大路には物見車がびっしりと立ちならんでいます。葵の上の一行は身分の低そうな者の車を立ち退かせました。

その場には、源氏の通い処（別妻）である六条の御息所の一行がすでに、牛車をとめています。御息所はお忍びでの見物でしたので、車は二輌のみでした。

従者同士の「場所取り争い」がはじまると、多勢に無勢で、御息所の牛車は壊されて、場所も葵の上の従者のほうが奪ってしまいます。

御息所は恥をかかされたうえに、源氏と葵の上の仲は険悪だと聞かされていたのに、「葵の上が源氏の子を身ごもっている」との事実を知って、胸を傷め、葵の上を恨んでしまうのです。

ほどなく葵の上は出産の日を迎え、安産を願うための僧侶による祈祷（調伏）がおこなわれます。

その最中に、御息所の生霊（物の怪）が取り憑き、葵の上を苦しめるのです。そばで見守っていた源氏のまえで、葵の上が御息所の姿と声に変貌するという場面を、紫式部は迫真きわまる筆致で描いています。
少し長くなりますが、その場面の原文と、瀬戸内寂聴の訳文を引用してみましょう。

「あまりいたう泣きたまへば、心苦しき親たちの御事をおぼし、又かく見給(みたまう)につけてくちおしうおぼえ給ふにや、とおぼして」(「葵」原文)

「葵の上があまり烈(はげ)しくお泣きなるので、それは、悲嘆にくれていらっしゃるおいたわしいご両親のことをお案じになったり、また、こうして自分と顔を合わせるにつけても、この世の名残(なごり)がおしまれて、こうも悲しまれるのだろうかと、葵の上のお心のうちを思いやられて」(瀬戸内訳)

源氏は、葵の上がこの世を惜しんで、嘆いていると思い、慰めるのですが、じつは、ちがっていたのです。葵の上に取り憑いた生霊が言葉を返します。

「『いで、あらずや。身の上のいと苦しきを、しばしやすめ給へと聞こえむとてなむ。かくまいり来むともさらに思はぬを、物思ふ人のたましひは、げにあくがるる物になむありける』となつかしげに言ひて、

なげきわび　空に乱るる　わが魂（たま）を　むすびとどめよ　したがへのつま

とのたまふ声、けはひ、その人にもあらず変はりたまへり」（「葵」原文）

「『いえいえ、ちがうのです。わたしの身がたまらなく苦しいので、少し調伏をゆるめて楽にしていただきたくて、それをお願いしたくてお呼びしたのです。こちらへこうして迷って来ようなどとは、さらさら思ってもおりませんのに、物を思いつめる人の魂は、ほんとうに、こんなふうにわが身からさまよい出るものなのですね』と、さもなつかしそうに言って、『嘆きに耐えかね身を離れ　空にさ迷い漂っているわたしの魂を　あなたよ　下前（したまえ）の褄（つま）を結び　しっかりとつなぎとめてほしいもの』と、おっしゃる声色（こわいろ）や御様子は、全く葵の上とは似ても似つかぬ別人でした」（瀬戸内訳）

【宮中（内裏）の見取り図】

そのあとすぐに、葵の上は男子（夕霧）を出産しますが、数日後、彼女は生命（いのち）を落としてしまうのです。今日風に言うならば、産後の肥立（ひだ）ちがわるかった、というところでしょう。当時はしかし、「取り憑いた怨霊（おんりょう）のせいだ」と片付けられてしまったようです。

さて、怨念のかたまりとなった六条の御息所。彼女も前章の「夕顔」の帖に出ていますが、前東宮（とうぐう）の妃の一人で、東宮が亡くなったあとに、光源氏と恋仲になります。

年齢は、はっきりとは示されていません。が、源氏より七歳ほど年上という想定になっています。

彼女もまた、良い家柄の知的な女性で、プライドの高さも葵の上と同じです。

成り行き上、光源氏とは恋仲のようになりましたが、じつのところ、源氏との相性はよくない。そこへ来て、源氏は、葵の上に取り憑いた御息所の生霊の姿を見てしまったのです。それまで以上に、源氏は彼女を避けるようになりました。

御息所は、娘（のちの秋好中宮）が斎宮となって伊勢に下るさい、いっしょに付いていきました。帰京後、病いに倒れると出家し、源氏に娘の後見を頼んで、亡くなってしまいます。

藤壺の出家と最期

話は変わります。

桐壺帝は、東宮（朱雀帝）を産んだ弘徽殿の女御をさしおいて、藤壺を中宮とします。

これで藤壺が産んだ東宮（のちの冷泉帝・本当の父親は源氏）は、帝となる資格を得たわけです。そのうえで、桐壺帝は朱雀帝に譲位し、桐壺院（上皇）となります。

譲位した二年後、桐壺院は病いに倒れます。病床で桐壺院は、「東宮をつぎの帝にせよ」とか、「源氏を朝廷の後見役とするように」と、朱雀帝に遺言します。けれど、跡を継いだ朱雀帝は気が弱く、母親の弘徽殿の大后や祖父の右大臣には逆らえないため、権力は右大臣側に移り、源氏や左大臣は弱い立場になってしまいます。

そのような状況のなかで源氏は、弘徽殿の女御の妹（右大臣の六女）である、朧月夜と密会をしていました。

朧月夜は朱雀帝の叔母に当たりもしますが、九歳年下の朱雀帝に入内する予定でした。当時、叔母と甥、叔父と姪といった近親同士の結婚は珍しくなかったのです。

朧月夜はしかし、源氏への思いも捨てきれず、悩みます。朱雀帝も、ふたりの関係を知りながら、とがめ立てることはしないでいたのです。

朱雀帝は父（桐壺院）から遺言されたことを、重く受けとめていました。あるいは、腹ちがいの弟である源氏は、「父にとって、特別な存在だ」ということを、感じていたのかもしれません。

朧月夜との関係をつづける一方で、光源氏は藤壺への求愛の情を深めていました。桐壺院の死によって、障害がなくなったということもありましょう。源氏は、三条の宮に退いていた藤壺に迫りますが、彼女に強く拒否され、悲嘆した彼は雲林院にこもってしまいます。

源氏の藤壺への執着の強さを表わした部分を、紹介しておきましょう。

「『見だに向き給へかし』と、心やましうつらうて　引き寄せ給へるに、御衣をすべしをきて　ゐざり退き給に、心にもあらず　御髪の取り添へられたりければ　いと心うく、宿世のほど　おぼし知られて、いみじと思したり。

おとこも、ここら世をもてしづめ給ふ御心みな乱れて、うつしざまにもあらず、よろづのことを泣く泣くうらみきこえ給へど、まことに心づきなしとおぼして、いらへも聞こえ給はず」（「賢木」原文）

「『せめてこちらをお向き下さい』
と、源氏の君は辛く恨めしい思いでお躯をお引き寄せになりますと、中宮はお召物をするりと脱ぎすべらせ、膝をついたままお逃げになりました。
ところが思いがけず、源氏の君のお手の中に、お召物と一緒に黒髪までしっかりと握られていましたので、逃れられない宿縁の深さが今更思い知らされて悲しく、つくづく情けなくお思いになるのでした。
源氏の君も、これまでの長い年月、こらえにこらえてきた恋情が一挙に堰を切り、すっかり惑乱なさいます。まるで正気をなくされたように、この悲恋の切なさと、お怨みのありったけを、泣く泣く訴えられるのでした」（瀬戸内訳）

このあとも源氏は、執拗に藤壺に迫りますが、彼女はこんな歌を詠んで、拒否します。

ながき世の　うらみを人に残しても　かつは心を　あだと知らなむ

「未来永劫につきない怨みを、わたしに残されても、それは所詮あなたの浮気心のせいなのに」（瀬戸内訳）

藤壺は出家を決意します。源氏の危険な恋心を避けるためと、自分の息子（冷泉帝）の立場を守るためでした。

女を捨て、出家した藤壺は政治的な策略をもいとわぬ、たくましい人格に変貌するのです。たとえば、朱雀院が若き斎宮（のちの秋好中宮）に恋心を抱いていたにもかかわらず、源氏と相談の上、斎宮を自身の息子（冷泉帝）に入内させます。

そのとき藤壺は、

「院の思いなど、知らない振りをして、入内させてしまいなさい。事後に報告すればいいのです」

と、源氏に伝えるのです。冷泉帝はまだ十一歳、斎宮は九歳年上の二十歳でした。政治的な思惑を優先させる、したたかな判断でした。

しかし出家して九年後、藤壺は三十七歳で亡くなってしまいます。藤壺が亡くなる間際に、源氏が見舞いにおとずれると、几帳(きちょう)の奥から、かすかな声で、お付きの女房にことづける声が聞こえます。

「院の御遺言にかなひて、内の御後見(おんうしろみ)つかうまつり給ふこと、年ごろ思ひ知り侍(はべ)ること多かれど、何につけてかは、その心寄せことなるさまをも漏らしきこえむとのみ、のどかに思ひ侍りけるを、いまなむあはれにくちおしく」(「薄雲」原文)

「故院の御遺言どおりに、帝の御補佐をなさり、御後見をして下さいます御厚意は、長年の間度々(たびたび)身にしみて感謝申し上げております。どうした折に、並々でない感謝の気持をお伝えしていいのかと、そのことばかりを、のんきに考えていたのですが、もう今となってはそれも叶わず、かえすがえす残念で」(瀬戸内訳)

藤壺の尼宮の崩御(ほうぎょ)は、世の中のすべての人びとを悲しませ、源氏は御念誦堂(ごねんじゅどう)にこもり、泣き暮らすのでした。

藤壺の四十九日の法要が終わったころ、冷泉帝（れいぜい）は、叡山（えいざん）の祈祷僧（きとうそう）から自身の出生の秘密を明かされます。その僧は、藤壺が施主であったときに祈祷をした者でした。

施主は仏に何を願うのかを、願文（がんもん）に書かなければなりません。藤壺は、「源氏とのあやまちによって、子をなした罪のゆるし」を、仏に求めたのでしょう。

しかし、その秘密を知った祈祷僧は、冷泉帝の代になって天変地異がつづいたことにより、

「仏罰が下ったのではないか」

と怖れたのです。帝に仕える僧でありながら、出生の事実を帝に隠しているという罪です。

帝は驚愕（きょうがく）の事実を聞いて、動転します。

「じつの父親を臣下においていたとは、畏（おそ）れ多いことだ」

とも思ったのです。帝は譲位したい考えを源氏に伝えますが、帝の様子を不審に思い、

源氏は彼の「出生の秘密」が洩れてしまったことを知るのです。だからといって、源氏は何を、どうすることも出来ません。「人の口に、戸は立てられぬ」というわけです。

須磨流謫と明石の君との出会い

さて、藤壺の最期の時にまで筆を進めてしまいましたが、ここでまた、いったん光源氏と朧月夜との密通に関する件に、話をもどします。

桐壺帝が崩御した翌年の夏、源氏は、里（右大臣邸）に帰っていた朧月夜と、大胆にも毎夜のように密会をつづけていました。朧月夜の姉・弘徽殿の大后も同じ右大臣邸に里帰りをしているというのに、いかにも危うげな真似をする源氏です。

ある日の未明に、すさまじい雷雨となりました。雷が恐ろしいほどに鳴り響き、女房たちは朧月夜の部屋にあつまってしまいます。源氏は御帳台のなかに隠れ、閉じこもるしかありません。そのうち、雨はやみ、すっかり周囲は明るくなってきました。

そんなおりに、右大臣がご機嫌伺いのため、朧月夜の部屋にはいってきたのです。右大臣は、男物の帯が御帳台から出ているのを見つけ、そのなかで源氏が寝そべっているのを目撃します。

右大臣（父）から、その話を聞いた弘徽殿の大后は、

「自分や父が源氏から軽んじられている」

と立腹し、この一件は、源氏を失脚させるに良い機会だと考えるのでした。

失態を犯した源氏は、弘徽殿の大后の策略により、「朱雀帝に謀反する心あり」と疑われ、官位を剥奪されました。そのうえ、遠国への流罪という話も出てきたのです。

源氏は罪を問われるまえに、みずから須磨へ落ちてゆくことを決意しました。いわば「自己流謫」です。

源氏は、わずかな数の供を連れて、須磨へ出発します。むろん、それまでの地位や役職はすべて、失われました。紫の上には全財産をあたえて、後顧の憂いがないようにします。が、紫の上は、源氏との別れを悲しみ、泣きくずれるのでした。

須磨はひなびた風情で、住み心地はわるくはない。でも、話す相手もいないので、
「見知らぬ国に来た」という寂しい感じはぬぐえません。

そのころ、須磨に近い明石には、「明石の入道」という男がいました。「気位が高く、頑迷で扱いにくい人物」という評判です。源氏の君が須磨に流されたという話を、この明石の入道が耳にし、

「これは、何かの縁にちがいない」

と思うのです。

彼には、ひとり娘の「明石の君」がいて、

「この娘だけは、田舎に埋もれさせてしまうのは忍びない」

と考えていました。できれば、高貴な生まれの源氏と、「娘を結ばせたい」と願っていたのです。

明石の入道は、ただの変わり者ではありませんでした。元は受領（ずりょう）階級の貴族で、都にはもどらず、明石に住みついた人物です。彼の父は大臣になったほどの家柄で、父方の

叔父の娘は、源氏の実母・桐壺の更衣なのです。

つまり明石の入道は、桐壺の更衣とは従兄弟（いとこ）という関係になります。

明石の入道が「縁」と感じたのは、その係累（けいるい）のせいでもありましょう。

須磨でのわびしい暮らしが一年を経た春の日、鬱屈（うっくつ）した日々をすごしていた源氏は、陰陽師をよんで、海辺でお祓（はら）いをさせました。源氏はこんな歌を詠みます。

やおよろづ　神もあはれと　思ふらむ　をかせる罪の　それとなければ

「八百よろづの神々も、このわたしをあわれとお思い下さるだろう。犯した罪の何もないのに　とがめを受けているこの身を」（瀬戸内訳）

すると突然、突風にみまわれます。稲妻は光り、海は波立ち、津波のように押し寄せてきました。

嵐のなかを何とか逃げのびた源氏ですが、その後も悪天候はつづき、源氏の住まいに雷が落ち、火災まで起きる始末です。

その夜、亡くなった桐壺院が夢のなかに現われ、

「この浦を立ち去るように」

と、源氏に告げます。

翌朝、明石の入道が船で迎えに来ました。

「夢に異形（いぎょう）の者が現われ、この須磨の浦に船を漕ぎ寄せよ、と言うのです」

明石の入道にそうと聞いた源氏は、ふたりがともに見た「夢のお告げ」にしたがって、入道の船に乗り、明石へと渡りました。


入道の邸宅は、凝った造作のうえに美しい庭もあり、須磨の家よりは格段上の素晴らしさです。入道自身も評判とはちがい、故実にもくわしく、上品な老人でした。

明石の君の器量は、さほどではありませんが、優しさと気品をそなえていました。ただ彼女は、あまりにも高貴な身分の源氏に気後（きおく）れがし、逢うことさえも憚（はばか）られるのです。

けれど源氏は、明石の君との手紙や歌のやりとりで、彼女が上流の貴族の姫君にも劣

らない、教養の高さと知性があることを感じます。ここで明石の君の歌を一つ、披露しておきましょう。

思ふらむ　心のほどや　やよいかに　まだ見ぬ人の　聞きかなやまぬ

「あなたのお心の深さは、はたしてどれほどなのでしょう。まだお逢いもしてないのに　人の噂だけでお心を悩まして下さるなんて」（瀬戸内訳）

香をたきしめた上品な紫の紙で、墨つきや筆跡も見事です。源氏はたいへん心を打たれ、明石の君に興味を抱きます。

ある日、入道の手配で、源氏は明石の君が住む離れ（岡の邸）をおとずれ、ふたりは結ばれます。じっさいに逢ってみると、彼女は背のすらりとした、奥ゆかしさを感じさせる女性でした。源氏は、

「紫の上がこの噂を聞いたら、どう思うだろうか」

と気にしながらも、明石の君のもとへ通い、やがて彼女は身ごもってしまいます。

都では、朱雀帝が重い眼病を患っていて、なかなか治りません。これは先帝の言いつけを守らず、

「源氏を放逐(ほうちく)した報いを受けているのではないか」

と、帝は悔いたようです。そして、弘徽殿の大后の反対を押しきって、

「源氏を赦免する」

という宣旨を発しました。

源氏は身重(みおも)の明石の君を残して、京に帰ることとなったのです。

紫の上の人生

帰京後、光源氏は紫の上に、明石の君のことを打ち明け、さらに女の子が産まれたことまで話してしまいました。そうと知って、紫の上は恨めしく思いながらも、源氏がそ

の子の誕生を喜んでいるのを悟り、何とか前向きに考えようとします。

源氏は、乳母（めのと）をえらんで明石におもむかせます。入道や明石の君は、

「源氏に捨てられたのではないか」

と心配していましたが、贈りものをたくさん持参した乳母の到着で、源氏の心遣いに感謝するのでした。


そのころ宮廷では、眼病が容易に癒（い）えないこともあって、朱雀帝が退位し、十一歳となる冷泉帝（源氏の実子）が跡を継ぎました。源氏は内大臣（ないだいじん）となり、隠居していた左大臣は摂政太政（だじょう）大臣となっています。

ともあれ、ここでは、紫の上の人生を中心に話を進めましょう。

源氏にとって、紫の上はもっとも大切な女性（伴侶）であり、深い愛を交わしあった相手でもあります。それでも、彼女はつねに源氏の浮気心と向きあわなければなりませんでした。

明石の君が産んだ姫君が三歳になったころ、源氏はその子を紫の上に育てさせようと

考えます。身分の低い生母より、

「紫の上の娘というかたちで、入内させよう」

と、たくらんだわけです。

明石の入道は、京の嵯峨に自分の屋敷をもっていました。その屋敷を改修して、明石の君と姫君、そして入道の妻（尼）を転居させていたのです。それが源氏のはからいによって、明石の君と姫君とは別れ別れになってしまいます。

「姫君は　何心もなく、御車に乗らむ事を急ぎ給ふ。寄せたる所に、母君みづから抱きて出で給へり。片言の、声はいとうつくしうて、袖をとらへて、『乗り給へ』と引くもいみじうおぼえて」（「薄雲」原文）

「姫君は何もおわかりにならず、無邪気に、早くお車に乗ろうとせいていらっしゃいます。車を寄せてあるところに、母君が御自身で姫君を抱いてこられました。姫君は片言のたいそう可愛らしい声で、

『お母ちゃまもお乗りなさい』
と、母君の袖をつかまえて引っ張るのも、明石の君はたまらなく悲しく思われて」
（瀬戸内訳）

二条院に到着して、姫君は母君がいないことに気づき、泣きながら母をさがすのですが、紫の上は、優しく姫君をあやし、かわいがります。紫の上は内心、複雑な心境でしたでしょうが、子を手放した明石の君への思い――一種の同情もわいてきていたのです。

「いかに思ひおこすらむ、我にて、いみじう恋しかりぬべきさまを、とうちまもりつつ、懐（ふところ）に入れて、うつくしげなる御乳（おち）をくくめ給ひつつ、たはぶれゐたまへる御さま、見どころ多かり」（「薄雲」原文）

「『あちらではどんなに姫君のことを恋しがり案じていることだろう。わたしだって会えなくなったらどんなに恋しく思うかもしれない。こんなにも可愛らしい姫君を』

と、しげしげと姫君の顔を見つめながら懐に抱きあげて、可愛らしいお乳首(ちち)をふくませたりして、お乳も出ないのにたわむれていらっしゃる御様子は、ほんとうにお美しくて惚れ惚れいたします」(瀬戸内訳)

子のない紫の上が、姫君に自分の乳房をふくませる場面を描くことによって、切々とした女心と、その美しさを、紫式部は表現しています。

紫の上がそんなふうにしていたころ、源氏は、叔父である桃園式部卿宮(ももぞのしきぶきょうのみや)の娘「朝顔の姫宮」に惚れて求愛し、紫の上を嫉妬させます。ところが朝顔の姫宮は、源氏を最後まで拒みつづけました。

「惚れた女がつれなくするほどに、源氏はその女性に恋いこがれてしまう」

そういう源氏の性分を分かっていたがゆえに、紫の上は危機感を覚えたのでしょう。

光源氏が完成させた六条院は四町からなる広大な邸宅です。一町ごとに、春の町、夏の町、秋の町、冬の町として、しつらえました。源氏と紫の上、明石の姫君は春の町に住み、夏の町には花散里と玉鬘（頭の中将と夕顔との間にできた娘）、秋の町は秋好中宮の里邸となり、冬の町には明石の君が住んだのです。

花散里は本書ではまだ紹介していない女性ですが、桐壺帝の女御であった人の妹で、源氏とは宮中で逢う瀬を重ねた仲でした。ただし、さほどに深い間柄とはいえません。それを六条院に迎えることにしたのは、彼女のおだやかな性格を気に入り、信頼していたからでしょう。その証拠に源氏は、玉鬘や、源氏の息子である夕霧を花散里にあずけるなどしています。

秋好中宮は六条の御息所の娘（前伊勢の斎宮）です。光源氏は御息所亡きあとに、彼女を養女とし、冷泉帝に入内させるのですが、源氏自身、秋好中宮に、女としての魅力を感じてもいました。

しかし、娘の後見を頼んだ御息所の遺言もあり、源氏は未練をもちつつも、心中わいてくる恋情をかろうじて抑えたのです。

光源氏が三十九歳となった年、朱雀院は出家を希望します。病いが重くなったためですが、十四歳の娘、女三の宮の将来のことが気がかりでした。朱雀院は「女三の宮を源氏に降嫁（こうか）させたい」と願うのです。

朱雀院の申し出を源氏は辞退しようとしますが、女三の宮の若さに心が動き、彼女が藤壺の妹の娘（姪）ということから、源氏は朱雀院の願いを聞き入れます。

紫の上にそのことを伝えると、彼女は驚き、動揺します。

上皇の娘ともなれば、正妻として六条院に迎えることになるからです。

「断わろうと思えば、断われる要請を源氏が承諾した」

ということと、紫の上の立場を思いやってくれない源氏の冷淡さに、紫の上は失望するのです。

源氏にとって、現実に逢った女三の宮は幼なすぎて、魅力を感じるどころではありません。そこで、

「やはり、紫の上は別格だ」

と見直すのですが、紫の上と源氏の絆（きずな）に、今までのような強さはなくなってしまって

いました。

光源氏が四十六歳となったとき、紫の上は、

「出家したい」

と望みます。でも、源氏はゆるしません。

翌年、紫の上は病いに倒れ、源氏は彼女を二条院に移して、看病します。

紫の上は一度、危篤（きとく）の状態となりますが、奇跡的に生命（いのち）をとりとめます。それでも回復とまではいかず、五年間、病床についたままに息を引きとるのです。

紫の上は亡くなるまえに、こんな歌を詠んでいます。

をくと見る　程ぞはかなき　ともすれば　風に乱るる　萩（はぎ）の上露

「起きていると見えても　わたしの命は束（つか）の間（ま）のはかなさ　風に吹き乱れたちまち散る
萩の花に置く　露のようなそのはかなさ」（瀬戸内訳）

前章の冒頭部で私は、紫式部が紫の上におのれを模した可能性がある、と書きました。しかし、天真爛漫（てんしんらんまん）だった「若紫」の時代ならばともかく、このように苦労する女盛りから晩年にいたるまでの紫の上を見ると、「どうしたものかな」という気がしてきます。娘の賢子（けんし）がモデルだとする意見にも、ちょっと首をかしげさせられますね。

疑問点は、ほかにもあります。

なぜ、紫の上は実子をさずからなかったのでしょうか。

そうすることで、物語に「抑揚」と言いますか、変化をもたらしたかったのかもしれません。別の女性が源氏の子を、すぐに身ごもってしまったりする。そこを、「わたくしには、それはないよ」とすることで、紫の上はむしろ目立つし、「ただものではなさそうだぞ」という印象も受けぬではありません。

けれども、何者かにおのれを託そう、と紫式部が考えたとしたら、その人物とは結局、光源氏そのひとであるように思われます。

男女の性の垣根を飛び越えて、紫式部は源氏に乗りうつり、その生涯をともに生きたのではないでしょうか。

惜しむらくは、その意味で、紫の上も「名脇役」——引き立て役の一人だったのかもしれません。

「雲隠（くもがくれ）」と「宇治十帖」の謎

紫の上を失ってから、年が明けても、光源氏は悲嘆に暮れるばかりです。出家したい気持ちはありますが、

「紫の上が亡くなったから出家した」

と、世間で噂されるのが嫌なのです。源氏は他人に会うことも、厭（いと）うようになります。息子の夕霧とでさえ、御簾（みす）をへだてて話をする始末です。

そんなこんなで、源氏はしだいに出家する決意を固めていきます。

いまはとて　荒しやはてん　亡き人の　心とどめし　春の垣根を

「わたしが出家してしまえば　亡き人が心をこめて　丹精したこの春の庭も　見るかげもなく　荒れ果てさせるのだろうか」（瀬戸内訳）

源氏がまだ、浮き世に未練を残している感じがうかがえます。そして、柏木との間に不義の子（薫）を産み、出家した女三の尼宮のもとをおとずれたり、明石の君のところに顔をみせて昔話をしたりするのでした。

紫の上の一周忌も終え、源氏は覚悟を決めたのでしょう。女房たちに命じて、紫の上の手紙をすべて焼かせてしまいました。

十二月、御仏名会の日、導師が唱える読経の声が源氏の心に深く染みこみ、導師に盃を賜って、祝儀の品をあたえるのでした。

そのそばでは、幼い三の宮（明石の中宮の息子）がはしゃいでいます。それと知り、源氏は、

「もうまもなく、あのかわいい姿を見ることも出来なくなる」

と思うのです。

物思ふと　過ぐる月日も　知らぬまに　年もわが世も　けふや尽きぬる

「物思いにふけっていて　月日が経（た）つのもつい　知らないでいた間に　今年も自分の生涯も　今日でおわってしまうのか」（瀬戸内訳）

この歌を最後に、光源氏は物語のなかから消え去ります。

ここで、何も書かれていない「雲隠」という帖の話です。なぜ、白紙の部分があるのかは、当の紫式部の残した『日記』にも書かれていないし、だれにも分かりません。「雲隠」という題名が、「いつ、どうして付けられたのか」、それも、謎です。なぜ、そんな帖が存在するのか、その意図は何なのか。古今にわたり、多くの古典論者や文学者が議論を交わしています。

江戸時代の国学者、本居宣長（もとおりのりなが）は『源氏物語玉の小櫛（たまのおぐし）』という注釈書のなかで、「雲隠」の帖について、

「是（こ）れ作者の微意（びい）ある事也（なり）」

と解説しています。何も書かないことで、読者に内容をほのめかした、というわけです。

私はシュールレアリズムの先駆者、フランスのアンドレ・ブルトンを思い出しました。

ブルトンは言っています。

「至上の文学は空白、白紙の状態である」と。

ブルトンは、実験小説の権威でもありましたが、一八九六年の生まれで、紫式部は彼より九百年ほども昔の人物。

その彼女がすでにして、「実験をしていた」というわけでしょうか。

そもそもの副題に「雲隠の深い意味」と付けられた本『紫式部考』（柴井博四郎／信濃毎日新聞社）に、興味ぶかいことが書かれています。

「『雲隠』は、紫式部の鋭い観察と洞察を雲隠れさせ、『源氏物語』を抹殺（まっさつ）から防ぐため

の空白である。と同時に、貴族社会自体が末世への進行を早めていることは隠せないという真の意図を読み解いてほしいと、紫式部が一〇〇〇年の時を越えて現代の私たちに訴えている空白でもある」

まぁ、しかし、簡単に考えれば、

「白紙にすることによって、光源氏の死を暗示している」

そういうことになるのでしょう。「雲隠」の帖名も、「光が雲に隠れる」のですから、それで一応、納得することが出来ます。

源氏が最後の歌を残した「幻」の帖から、「雲隠」をはさみ、「匂宮」の帖までの間に、物語のなかでは八年という歳月が経過しています。「匂宮」は、柏木と女三の宮の息子の名で、表向きは源氏の子となっています。

つぎの「紅梅」は柏木の弟、按察使の大納言とその家族の話です。ついで「竹河」は、野暮天の故髭黒の一家の話で、その妻で未亡人となった玉鬘が登場します。

つまり、源氏亡きあとの、八年間の空白を埋めるために、源氏のいない世界で、今までの登場人物や、新たに登場してきた人びとが、どう生きてきたかを語る三つの「帖」なのです。

物語の終結に近づく残り十の帖は、「宇治十帖」といわれています。「宇治」を主な舞台として、展開される物語です。「橋姫（はしひめ）」から最終の「夢浮橋（ゆめうきはし）」までが、相当します。

この「宇治十帖」についても、さまざまな論議がなされています。

たとえば、これはかの有名なイギリス中世の劇作家、ウィリアム・シェイクスピアに関しても、よく取り沙汰されることですが、あまりに多数、多彩な劇作のせいで、

「シェイクスピアは何人もいた。つまりは、作家集団ではないのか」

だとか、いくつかは別人の作だ、とかも指摘されています。

『源氏物語』の主人公、光源氏亡きあとの帖、さきの三帖や「宇治十帖」も、

「別の作家が書いたのではないか」

との説があります。

むろん、多数派は紫式部ただ一人の作品だとしており、今回、訳文を借用した瀬戸内

寂聴氏も、「すべて紫式部の作である」と述べています。

ただ、同じ実作者――自分も物を書く人間の一人としては、主人公の亡きあとまで、一編の小説を書きつづけるのは不自然で、「べつの作品に仕立てるべきだったのではないか」というのが、正直なところです。

いずれ、ここでは「宇治十帖」をひとまとめにして、ごく手短かに紹介するだけにとどめます。

主役は、源氏の二男・薫と、源氏の孫・匂宮（明石の中宮の子）です。この組み合わせは、まるで源氏と頭の中将を思わせる関係です。なぜかといえば、薫の本当の父は柏木であり、柏木は頭の中将の息子だからです。頭の中将から見れば、薫は孫となります。

源氏の孫と、頭の中将の孫同士が、姫君たちとの恋をめぐり、ライバルとして争うのです。

「宇治十帖」でも、艶やかな女性たちが登場します。

源氏の異母弟である八の宮の美しい娘たち、大君と中の君。その異母妹の浮舟。源氏の長男である夕霧の娘・六の君や、明石の中宮の娘・女一の宮などです。

こうして、長い長い物語は、最終章の「夢浮橋」にいたります。その一つまえの「手習」の帖では、薫と匂宮の間に揺れる浮舟が、死を決意して入水するのですが、ある僧都（僧正の下の位）に助けられます。

浮舟は出家しますが、消息を知った薫が、手紙をとどけさせ、復縁と還俗を願うのです。が、浮舟は断固として、手紙を受けとりません。

最後は、「めでたし、めでたし」ではなく、かといって最悪の悲劇でもない、ふしぎな終わり方をしている、とのみ伝えておきましょう。

第九章

ライバルたち——清少納言と和泉式部

清少納言と彼女の活躍したサロン

この辺でまた、紫式部の生きた時代に視点をもどしましょう。

「春はあけぼの。やうやう白くなりゆく山ぎは……」

この出だしではじまる『枕草子』は、おそらく多くの人が、

「ああ、それ、知ってる！」

と言うほどに、有名な古典です。

小中学校の国語の教科書にも載っていますし、冒頭の文章を暗記させられた記憶もあります。『源氏物語』の冒頭、「いずれのおおんときにか……」と、いっしょでしょう。

あるいは社会科の歴史の教科書に、清少納言は『枕草子』、紫式部は『源氏物語』という具合にセットで、平安時代の文学の代表として学んできました。

清少納言と紫式部は、ほぼ同時代に生きた女性です。

清少納言は西暦九六六年の生まれで、一〇二五年没とされています。対するに紫式部

は、九七三年生まれとされていますから、清少納言のほうが七歳年上です。職業というか、職場も宮廷の女房ということで、同じような地位や立場です。では、

「ふたりは知り合い？」

と思うかもしれませんが、直接言葉を交わしたとか、手紙のやりとりをしたことはないようです。というのも、宮廷につとめていた期間が、微妙にちがっているからです。

清少納言が宮廷に出仕したのは、西暦九九三年から一〇〇〇年で、紫式部は一〇〇五年から出仕したと言われていますので、そこには六年の差があります。

しかも紫式部の初出仕のときにはすでに、清少納言は超有名な作家になっていたのです（『源氏』も、紫式部の出仕前から一部で読まれていた、との説もありますが）。

第五章で触れていますが、一条天皇の寵愛（ちょうあい）を受けた定子（ていし）皇后は、才色兼備の女性ばかりをあつめて、「定子サロン」をつくりあげていました。

どんな集団も、たとえば一つの会社やお店でも、リーダーがしっかりしていれば、社員や店員も皆、きちんとしています。一人の応対ぶりがよければ、他の者の態度もよく、

「それも、リーダーしだい」

というわけでしょう。

「定子サロン」のリーダーはもちろん、定子皇后ですが、現場で一同を仕切る役、とくに余興や即興、オマツリ事の中心には、いつも必ず清少納言がいたようです。

一条帝は、そんなサロンの雰囲気を、とても気に入っていたと言います。

清少納言は歌人であり、随筆家（エッセイスト）です。紫式部は物語作家ですから、文学的なジャンルは異なります。

当時、物語の評価はあまり高くありませんでした。女・子どもが読むもので、大人の男性からは鼻であしらわれるような絵空事（えそらごと）としか思われていなかったのです。

平安時代の主流は、日記文学でした。紀貫之（きのつらゆき）の『土佐日記』、藤原道綱母（ふじわらのみちつなのはは）の『蜻蛉日記』（かげろうにっき）などがよく知られています。

さきにもいくつか紹介、引用したように、紫式部も「物語」だけではなく、「日記」を書き残しています。

その『紫式部日記』（山本淳子編訳）のなかに、こんな記述があります。

「清少納言こそ、したり顔にいみじう侍(はべ)りける人。さばかりさかしだち、真名(まな)書き散らして侍るほども、よく見れば、まだいと足らぬこと多かり」(原文)

「それにつけても清少納言ときたら、得意顔でとんでもない人だったようでございますね。あそこまで利巧ぶって漢字を書き散らしていますけれど、その学識の程度ときたら、よく見ればまだまだ足りない点だらけです」(山本訳)

さらに紫式部は、こうまで、したためています。

「かく、人に異ならむと思ひ好める人は、必ず見劣りし、行末うたてのみ侍るは。艶になりぬる人は、いとすごうすずろなる折も、もののあはれにすすみ、をかしきことも見過ぐさぬほどに、おのづから、さるまじくあだなるさまにもなるに侍るべし。そのあだになりぬる人の果て、いかでかはよく侍らむ」(原文)

「彼女（清少納言）のように、人との違い、つまり個性ばかりに奔りたがる人は、やがて必ず見劣りし、行く末はただ『変』というだけになってしまうものです。例えば風流という点ですと、それを気取り切った人は、人と違っていようとするあまり、寒々しくて風流とはほど遠いような折にでも「ああ」と感動し「素敵」とときめく事を見逃さず拾い集めます。でもそうこうするうち自然と現実とのギャップが広がって、傍目からは『そんなはずはない』『上っ面だけの嘘』と見えるものになるでしょう。その『上っ面だけの嘘』になってしまった人の成れの果ては、どうしたらよいものでございましょう」（山本訳）

紫式部は筆鋒するどく、清少納言を批判しています。どちらかといえば、感情的ともとれる書きぶりです。

この日記が書かれたのは寛弘七（一〇一〇）年で、定子皇后が亡くなったのは長保二（一〇〇〇）年ですから、清少納言が宮廷を去ってから、だいぶ時間が経っています。

鎌倉初期の説話集『古事談』によれば、清少納言は晩年にはだいぶ零落したようで、同書には、その様子が伝えられています。

それにしても、紫式部の清少納言批判は激越です。

清少納言の「学識の無さ」を云々していることに関して、丸山裕美子氏はその著『清少納言と紫式部』（山川出版社）のなかで、こう書いています。

「紫式部は、父仕込みの漢籍の素養をもっていながら、（『一といふ文字だに書きわたしはべらず』）という態度をとっていたほどだから（『紫式部日記』）、清少納言の漢籍知識の浅薄さが我慢できなかったのであろう」

もしかしたら、紫式部は新たな「彰子サロン」での自分と、清少納言とを（無意識のうちに）比べていたのかもしれません。

当初は同じ女房仲間から、陰気で地味と疎んじられていた紫式部。それが、みずから努力に努力を重ねて、見直されていく。最後はけっこう社交的にもなって、彰子中宮からの信望も篤くなり、いちばんに目をかけられるようになるのです。

それだけに、よけいに「定子サロン」の人気者、清少納言には大きな対抗心があったのかもしれません。

和泉（いずみ）式部を「浮（う）かれ女（め）」と批判

もうひとり、批判の対象となるのが、和泉式部です。この人も、名のある歌人です。「女房三十六歌仙」にえらばれていて、小倉百人一首の、

あらざらむ　この世のほかの　思ひ出に　今ひとたびの　逢ふこともがな

これは、和泉式部の歌です。

和泉式部は寛弘六（一〇〇九）年、彰子中宮のもとに出仕したとされていますので、紫式部の職場の後輩に当たります。紫式部はこの和泉式部を『紫式部日記』のなかで、褒（ほ）めたり、けなしたりしています。

「和泉式部といふ人こそ、おもしろう書きかはしける。されど、和泉はけしからぬかたこそあれ、うちとけて文はしり書きたるに、そのかたの才(さえ)ある人、はかない言葉のにほひも見え侍るめり。歌は、いとをかしきこと。ものおぼえ、歌のことわり、まことの歌よみざまにこそ侍らざめれ、口にまかせたる言(こと)どもに、必ずをかしき一ふしの目にとまる詠み添へ侍り」（原文）

「和泉式部という人こそおしゃれな恋文の名手だったこと。ちょっと感心できないところもあるけれど、くつろいだ手紙の走り書きに即興の才がある人で、何気ない言葉が香り立つようでございますね。歌は、本当にお見事。和歌の知識や理論、本格派歌人の風格こそ見て取れないものの、何の気なしに口にする言葉の中に、必ずはっとさせる一言が添えられています」（山本訳）

もちあげた、と思いきや下げてみて、再度もちあげるといった格好で、これだけでは紫式部の真意はどちらなのか、分かりません。

では、つぎの一文を見てみましょう。

「それだに、人の詠みたらむ歌　難じことわりゐたらむは、『いでやさまで心は得じ。口にいと歌の詠まるるなめり』とぞ、見えたるすぢに侍るかし。『恥づかしげの歌よみや』とはおぼえ侍らず」（原文）

「とはいえね、彼女が人の歌を批判したり批評したりしているのを見ますと、『はてさて、さほど和歌を頭で分かっているのではないらしい、天才型で、考えずとも口をついて歌がでるほうね』とお見受けしますわ。ですから『頭の下がるような歌人だわ』とは私は存じません」（山本訳）

紫式部は、和泉式部の歌人としてのセンスの良さはみとめながらも、

「本格派の歌人ではない」

と断じています。

もう一点、紫式部が和泉式部を評価できないことがあります。それは彼女が「浮かれ女」（恋多き女）だったことです。

和泉式部は橘道貞（たちばなのみちさだ）という夫がありながら、為尊親王（ためたか）と道ならぬ恋に落ち、親から勘当されています。あまつさえ、為尊親王が死去すると、こんどは弟の敦道親王（あつみち）の求愛を受けいれたのでした。

美人でもあったのか、なかなかモテる女性だったことは確かで、かの藤原道長も彼女の扇に、「浮かれ女の扇」と、書いたのです。

「あなたは、だれでも相手にする女なのだろう？」

という冗談ですが、「われと一度、どうかね？」といった意味もふくませています。そのとき和泉式部は、その扇に歌を書きつけます（山本淳子著『紫式部ひとり語り』参照。歌は『和泉式部集』より）。

越えもせむ　越さずもあらむ　逢坂（おうさか）の　関守（せきもり）ならぬ　人なとがめそ

「私は殿方と一線を越えもするでしょう。越えないこともあるでしょう。私は私の好きにいたしますわ。私の逢瀬(おうせ)の管理人でもない方が、咎(とが)めだてしないで下さいな。それとも殿は、私の管理人になって下さるとおっしゃるのかしら？」（山本訳）

今や押しも押されもせぬ立場の道長に対して、堂々と、

「男性と一線を越えるかどうかは、私の自由です」

と言いきり、「関守（管理人）ならば、咎めても当然ですが」と切りかえすのです。

そこには、

「道長さまは、わたくしの関守になるおつもりですか？」

という問いかけもあり、道長としては「一本取られた」と思いながらも、男心をくすぐられた気分だったでしょう。


一方、紫式部は『源氏物語』のなかで、源氏の奔放な恋の物語を書いているわけです

から、物語を読んだ男性たちは、「作家本人もきっと、恋の経験が豊かな女性だろう」と想像したはずです。

第六章で、道長が紫式部にも誘いかけた話をしましたが、本書では道長と紫式部はあくまでも「ソウルメイト」であったと主張しています。その根拠の一つが、和泉式部への批判にあります。

つまり紫式部は、まじめ一途の彰子中宮付きの女房であれば、妖艶(ようえん)さを売りにする歌人はふさわしくなく、

「品格のある歌を詠む人こそが、彰子サロンにいなければならぬ」

と信じていたのです。

歌は、その人の生き方や人柄を映しだすもの。そう考えている紫式部としては、和泉式部の才能をみとめながらも、彼女の生き方をよしとしないがゆえに、厳しい批評になったのでしょう。

紫式部は、藤原宣孝(のぶたか)ただひとりを夫として、宣孝の死後も独り身を通してきました。彼女自身は、「貞女(ていじょ)は二夫(じふ)に見(まみ)えず」などとは思っていなかったでしょうが、結果的に

はそれと近いことになっています。

和泉式部が道長に対して「自分のことは自分の自由」と答えたように、紫式部も、「わたくしは、わたくしの好きにするわ。生涯、男は亡き夫ひとりしか知らなくても、良いではないの」

となるのかもしれません。

「不倫は文化」と自由恋愛

和泉式部の「不貞」「不倫」のことを語っていて、思い出したことがあります。

今から十数年前、私の個人的な友人でもある俳優の石田純一氏が、「不倫は文化だ」と発言して、世に物議をかもしたのです。当の石田氏はその後、ふつうに結婚して、平穏で幸せな家庭生活を送っていると聞きます。

それは良いのですが、もしかして「不倫は文化」というのは、紫式部の生きた平安朝にあっては、けっこうなトレンドだったのではないでしょうか。

親王兄弟ふたりと関係し、つぎからつぎへと男を変えた和泉式部がそうですし、『源氏物語』の主人公、光源氏など、初恋の相手が実父の妻——継母の藤壺で、くりかえし閨をともにし、子ども（後の冷泉帝。表向きの父は桐壺帝）までつくってしまう始末。この不倫は、緊張感をはらむ秘密の関係でした。

ほかにも『源氏物語』には、不倫の話がいくつも出てきます。源氏と人妻の空蝉との関係、また朧月夜は源氏の兄・東宮（朱雀帝）の婚約者でしたから、これも不倫のようなものでしょう。

「若菜下」の帖には、じつに、光源氏の妻が他の男性と契った話が書かれています。頭の中将の息子・柏木が女三の宮（源氏の妻）と密通し、不義の子（薫）が産まれてしまうのです。何か、光さん、「しっぺ返し」をくらった感じですね。

『源氏物語』には、そうした場面が数多く出てくるわけですが、一千年前の読者もハラハラ、どきどきしながら読んだのだと思います。

「通い婚」というのが、そもそも怪しい。まかふしぎな結婚形態です。

「はじめに」でも触れたように、極端な話が、週に一度か、月に何度か、通ってくる男が、

「じゃあ、またね」

と帰ってしまい、別れてすぐに、別の男が通ってくる。そんなこともあり得るような……和泉式部の異性との付き合いぶりを見ていると、その可能性はおおいにあったような気がするのです。

また、当時の宮廷に仕えた女房らの多数が、殿中を往き来する男たちと密事を交わしていた。それも一人や二人ではなく、何人も、と。

要は、「相当に乱れていた」というのです。

先日、某紙に、「本邦初のカーセックス」といったことで、和泉式部の話が掲載されていました。まぁ、カー(クルマ)と言っても、牛車のことで、それをどこかの場所で止めて、事をなしていたということでしょう。

『和泉式部日記』などから、このときの相手は為尊・敦道の両親王兄弟のうち、弟の敦道であったと類推できるのですが、彼と和泉式部とでは身分がちがいすぎる。

それで敦道親王は、和泉式部のもとに通うことが叶わず、あの手この手で逢う瀬をつくったというわけでしょう。

たぶん、牛車のなかはわりと広くて、今でいう簡易ベッドのようなものが置かれており、そこに腰をおろした和泉式部が、

「さぁ、あなた、わたくしの膝に頭を乗せてくださいな」

などとささやいている姿が、眼に浮かびます。

記事ではしかし、和泉式部に特定されていますが、このころは、そこかしこで似たような光景が見られたのかもしれません。

識者もその辺りのことは皆、相応に興味を覚えるとみえ、いろいろと指摘しています。たとえば角田文衛氏は著書の『紫式部とその時代』に、こんなことを記しているのです。

「平安時代には、自由恋愛が公然と認められていた。数々の歌集や物語の類は、それを証示して余すところがない」

ただし、「普通に行われていたのは、親権者が命じたり、親や乳母が示唆したりする

平凡な結婚」で、「それも親戚関係が意外に多かった」とつづく。

氏はさらに、「紫式部の場合なども、自由恋愛などによるものではなく、基本的には見合的な結婚であった」としていますが、例の同性愛的傾向については触れていません。

そして、この件りの最後を、こう結んでいます。

「その意味で、紫式部は未亡人になった後にも、自由恋愛への見果てぬ夢を心の隅に抱き続けていたのではないかと忖度されるのである」

角田氏はそこまでは書いていませんが、紫式部が『源氏物語』を著わしたのも、一つにそれが理由であり、主人公の光源氏に、

「自分を託したのではないか」

つまりは一種の「私小説」をこころみたのだ、と私などは思うのです。

平安朝の性風俗の実態

平安時代の恋愛や結婚を、現代の物差しで測ることは出来ません。

手紙や和歌を交換しあったとしても、男が部屋に忍びこんでくるなどというのは、とんでもないことですし、今なら犯罪行為そのものでしょう。不倫に関しても、世間の見る眼は冷ややかで、発覚して問題化した場合には、法によって裁かれることとなります。

それが、平安時代はどうだったかといえば、別に法律があるわけでもなく、実にあいまいな感じです。現に、和泉式部は夫がありながらも、あからさまに不倫をしていました。しかも、その相手は親王だったりするのですから、なかなかのものです。

和泉式部は親から勘当されたり、周囲や紫式部らからの顰蹙（ひんしゅく）を買いましたが、不倫相手が早世したのちは、道長の勧めで、武人として誉れ高い藤原保昌（やすまさ）と再婚しています。

「いい男、いい女は、不倫しても当然ではないか」

天下人の道長がそう思っていたくらいですから、この時代の恋愛観はおおらかというか、多様な考え方を許容していたのかもしれません。

もちろん、異論もあります。

日本の古代・中世史に詳しい服藤早苗氏は、平安時代は前期と中期、後期に分けられ、前期は女帝もいたくらいですから、女性の地位や立場も高かった。しかし紫式部らの生きた中・後期になると、しだいに女性への締め付けはきつくなり、はっきり「男性優位」の社会になる、と言うのです（『平安朝　女の生き方』服藤早苗／小学館）。

同著には、こういうことも書かれています。

「一〇世紀初頭に成立した『伊勢物語』には、色好みの主人公が、人妻と語らう、すなわち性愛関係をもつ話がけっこうある。しかし、一〇世紀末から一一世紀初頭に成立した『源氏物語』では、密通ゆえの苦悩がテーマになっている。『摂関政治』のころには、密通がタブー視されたことが知られる」

じっさいのところ、貴族社会の女性は、白昼、男性に顔を見せることは出来ませんでした。今日の世界でいえば、イスラム教の社会でしょうか。戒律というより、そういう風習だったのです。

これまた、以前にも語りましたが、男たちは気になる女性の噂を聞いたり、かいま見たりすることで、情報をあつめていました。そのうえで、手紙を送って反応をみるのですが、女性のほうでは、それを読んで、どんな男なのかを判断します。そして、

「まぁ、いいかしら」

と思い、それなりに自分の気持ちを匂わせた和歌などを返せば、男が夜に訪問する、という段取りになります。

「いやいや、待てよ。いきなり自宅に訪問とは？」

と疑問にも思われましょう。が、「昼間にデート」という習慣はないのですから、とにもかくにも女性の寝室で、しばらく会話をしたのちに、閨事（ねやごと）ということになります。

夜明けとともに（ときには、夜のあいだに）、男は自分の家に帰っていきます。そのあとで、男はまた手紙を出します。それが早ければ早いほど、「あなたのことが気に入った」というサインになるわけです。女もそれに対して手紙を返し、そこに、しゃれた和歌などが付けられていれば、より好印象となります。

おたがいに相性がよければ、三日連続で通い、めでたく結婚ということで、「所顕（ところあらわし）」――今でいえば、結婚披露宴をおこないます。でも、ふたりがいっしょに住むことはまれで、たいていは男が女性の家に通います。

「所顕」をすることで、その男性は、通うことを正式にみとめられるのです。

スムーズに行けば、スピード婚かもしれませんが、何ヵ月、いや、数年かかることもあります。紫式部と宣孝の場合も、紫式部が越前に行ってしまったという事情もありますが、結婚まで一年以上かかっています。

また、見方によっては、通い婚が普通であった時代は、他のところに、「新たな妻をつくりやすくなる」ということになります。

逆のケースも考えられるわけで、ふだん夫は家にいないのですから、和泉式部のように、別に情人をこしらえたりする。やはり、簡単には片付けられない制度ですね。

紫式部の場合は、夫の宣孝が他の妻のところに通い、「ごぶさた状態」になったことがありました。嫉妬と寂しさに悩んだ紫式部ですが、夫の死後には他の妻や、その子どもたちとも手紙を交わし、亡き宣孝を偲(しの)んだりしています。

ところで、紫式部が宣孝との交際や結婚をためらっていた原因の一つが、「同性好みだったせいだ」との説があることは、先述しました。

加うるに、こんな話もあります。

宣孝が亡くなって数年後、朝廷に出仕してからのことですが、紫式部は道長の妻・倫子の姪、小少将の君と局内の部屋をともにしていました。

他の女房たちは同室者がいる場合、あいだに仕切りなどを設けます。けれど、ふたりはそれをせず、ただ小さな几帳を置いていただけだったそうです。

一条院でも、道長の土御門殿でもそうしていたらしく、とても仲がよかったと言われています。

では、小少将とはどんな女性だったのか、『紫式部日記』（山本淳子編）より引用してみましょう。

「小少将の君は、そこはかとなくあてになまめかしう、二月ばかりのしだり柳の様したり。やうだいいとうつくしげに、もてなし心にくく（中略）、身をも失ひつべく、あえかにわりなきところつい給へるぞ、あまりうしろめたげなる」（原文）

「小少将の君さんは、どこがそうとは言えませんが、何となく上品で優雅で、春二月のしだれ柳のような風情です。姿かたちはとてもかわいい感じで、ものごしは奥ゆかしく（中略）、かよわくてどうしようもない所がおありなのが、あまりにも気にかかる印象です」（山本訳）

他の女房の容姿なども描かれているのですが、小少将については、紫式部の褒め言葉がいかにも優しげで、他の女房とは一線を画している、という感じです。

例によって、道長は紫式部らをからかいます。

「ふたりの部屋に、男が忍んできたら、どうするのかね。どちらか、間違われかねないぞ」

それほどの親密さでした。

若い独身のころに、「姉のように慕った女性がいた」と書きましたが（第一章）、紫式部にレズビアン的な傾向があったことは確かなようです。

同性愛といえば、もっとずっと先の戦国期、小姓の森蘭丸らを愛した織田信長の男色が有名ですが、この時代はどうだったのでしょう。

『源氏物語』にも、男色のことが何気なく書かれています。「空蟬（うつせみ）」の帖で、空蟬の弟である小君（こぎみ）が源氏の隣に横になっている場面です。

「涙をさへこぼして臥（ふ）したり。いとらうたし、とおぼす。手さぐりの、細くちいさきほど　髪のいと長からざりしけはひのさま通ひたるも、思ひなしにや、あはれなり」（原文）

「小君は、思わず涙さえこぼしながら横になっています。

そんな小君を、なんと可愛い子だと源氏の君はお思いになります。抱きよせたあの女の体つきが手さぐりの掌（てのひら）に細っそりと小さく感じたのや、あまり長くなかった手触りなどが、気のせいかこの子の感じによく似ているように思われるのも、しみじみいとおしさをそそられます」（瀬戸内訳）

昔から日本は、「男色に対して、寛容だった」という歴史があるようです。平安朝でも同様だったのでしょう。紫式部は当たり前のように、さらりと描写しています。

自由恋愛だの不倫だの同性愛だの、あれこれとありはしたようですが、いずれ、一般的な男女の間では、「一夫多妻制」といい、「通い婚」といっても、ともかく、お金がかかるでしょう。

すべての男性や迎える側の女性の親が、それほどの財力をもっていたとは考えられない。別妻（妾）がいても、一人か二人……基本は現代と同じ、「一夫一妻」であったのにちがいありません。

終章　「雲隠（くもがくれ）」を地で行った紫式部

紫式部、宮廷を去る

寛弘八（一〇一一）年五月、一条天皇は譲位を決意します。以前からの体調の悪さに悩まされていたこともありますが、それを盾にした道長の圧力が大きかったようです。そのため、道長の娘・彰子中宮は、父を恨んだと言います。

彰子が父に反発したのは、これが最初ではありません。

一条帝の後継として、定子が産んだ第一皇子の敦康が皇太子になるべきでしたが、道長は、彰子の息子である敦成を皇太子にして、跡継ぎとしてしまいました。彰子はこれを喜ばず、

「顔が赤らむ思いだわ」

と、父の強引なやり方を恥じたのです。

紫式部を家庭教師として、彰子は漢書を学び、「正しき政道とは何か」という知識を得ていたがゆえの反発でしょう。

紫式部が彰子に進講したのは、白楽天の「新楽府」で、民衆の声を代弁して、その時

代の政事の悪習をただすものでした。中宮にすすめる書としては堅い内容です。

　紫式部がなぜ、その書をえらんだのかといえば、一条帝が儒学をもって政事をおさめたいと望み、「新楽府」をふくむ『白氏文集』（『新釈漢文大系　白氏文集』岡村繁編訳／明治書院・参照）を好んでいたからでした。

　彰子中宮は政事について、帝と同じ考えをもちたいと願っていたので、紫式部の進講を喜んで受けいれたのです。紫式部は「日本紀の御局」という、他の女房たちからは敬遠、揶揄されやすい、ちょっと迷惑なあだ名を付けられたりしたので、だれにも分からぬように進講をつづけました。

「新楽府」の序文の終わりには、この書の目的が書かれています。

「摠じて之を言へば、君の為、臣の為、民の為、物の為、事の為にして作る、文の為にして作らざるなり」（原文）

「まとめていえば、この詩は、君のため、臣のため、民のため、物のため、事のために

作ったのであり、文飾のために作ったのではないのである」（訳文）

翌六月に一条帝は崩御し、彰子は皇太后となります。紫式部はその間もずっと、彰子のもとに付きしたがっていました。紫式部の彰子への敬愛の念は、ますます深まっていったのです。

紫式部が宮廷を去ったのはいつごろだったのか、確かな記録はありません。今井源衛氏の著『人物叢書　紫式部』には、長和（ちょうわ）二（一〇一三）年の九月か十月ごろではないか、と書かれています。

その年から五年後、彰子が太皇太后となったあとに、彰子のもとをおとずれた藤原実資（さねすけ）の応対役をつとめた女房。それが紫式部ではないか、とも今井氏は推測しています。「一度、引退した紫式部が再出仕した」というわけでしょう。あるいは、そのときだけ臨時に召されたのかもしれません。

まもなく紫式部は病み、床に就くなどしていたようです。年代は不明ですが、紫式部晩年の冬でしょう。初雪が降り、かつての同僚だった女房から見舞いの歌が送られてきました。

こちらは山本淳子著『紫式部ひとり語り』より、引用します。

恋ひわびて　ありふるほどの　初雪は　消えぬるかとぞ　疑はれける

「紫式部さん、どうしていらっしゃいますか。逢いたいとずっと思っているのですよ。そうしたら何と、今日は初雪が降ったではありませんか。この雪のように、あなたも消えてしまったのではないかしら。私ときたら、そう心配になってしまったのです。大丈夫？　ちゃんと生きてるわよね？」（山本訳）

それに対して、紫式部は二つの歌を返しました。

ふればかく　憂（う）さのみまさる　世を知らで　荒れたる庭に　積もる初雪

「世の中とは、生きながらえれば憂いばかりが募るもの。そうとも知らずに初雪が、この私の荒れた庭に降っては積もってゆく」（山本訳）

いづくとも　身をやる方の　知られねば　憂しと見つつも　永らふるかな

「いったいどこに、憂さの晴れる世界があるというのでしょう。そんな世界などありはしません。いったいどこに、この身を遣（や）ればいいのでしょう。そんな所も知りません。この世は憂い。そう思いながら、私は随分長く生きて来ましたし、これからも生きてゆきます。心配してくれてありがとう。大丈夫、ちゃんと生きているから」（山本訳）

紫式部の墓はなぜ、小野篁の隣にあるのか

紫式部の墓は、京都市北区の北大路堀川にあります。小野篁の墓が隣にあって、

「なぜ、そこに紫式部の墓があるのか」

と、いろいろな憶測がなされています。

小野篁は平安朝初期の貴族で、亡くなったのは、仁寿二（八五二）年ですから、紫式部よりも約八十年前に活躍した人でした。

文武両道の巨漢で、身長は六尺二寸（約一八八センチ）もあったそうです。

もっとも、若いころは弓馬を好み、学問をまったくしませんでした。

「陸奥守（篁）の父・岑守は漢詩にすぐれた人であったのに」

と、嵯峨天皇に嘆かれたことで、篁は無学なのを恥じて発奮し、文章生に合格したのです。その後は順調に出世しましたが、遣唐副使に任ぜられたときに、いざこざがあり、「朝廷を侮辱する漢詩を詠んだ」ということで、流罪となってしまいました。しかし、彼の能力を惜しまれたがゆえなのでしょう。二年後に赦免され、朝廷に復帰したのです。

まさに波乱に満ちた生涯を送った小野篁ですが、書も巧みであり、政務能力に長けていたため、公卿にまで出世したのです。
彼は漢詩文の名手であり、有名な歌人でもありました。和歌は『古今和歌集』に八首、『勅撰和歌集』に十四首がえらばれ、小倉百人一首にも『古今和歌集』から「参議篁」名で一首が採られています（『新日本古典文学大系　古今和歌集』小島憲之・新井栄蔵校注／岩波書店・参照）。

わたの原　八十島かけて　こぎ出でぬと　人には告げよ　海人のつり舟

「（篁は流罪の刑を受けて）大海を多くの島々めざして漕ぎ出てしまったと、都の人々には告げてくれ」（訳文）

つぎは、『古今和歌集　巻六　冬』から。

花の色は　雪にまじりて　見えずとも　香をだににほへ　人の知るべく

「梅の花の色は、混じり入って見えないとしても、せめて香りだけでも匂わせろよ、人が感じ分けられるように」（訳文）

そうした歌の数々を詠んだ小野篁ですが、私的にも多くの逸話を残しています。代表的なのが、彼の風貌をもとにした噂でしょうが、「昼は朝廷につとめ、夜は閻魔大王の補佐をしていた」というものです。

この話は平安時代末期の『江談抄』に書かれていて、のちにも『今昔物語集』や『元亨釈書』なる説話集に載せられています。

ではなぜ、それが紫式部につながるのかといえば、こういうことです。

紫式部は『源氏物語』のなかで愛欲の世界ばかりを描いたために、仏罰によって、地獄に落とされた。その紫式部を、小野篁が、「閻魔大王にとりなして、救いだした」という伝説となったようなのです。

じっさいには、この墓がある場所は、紫式部が生まれ育ち、晩年をすごした土地の近くであり、淳和天皇の離宮・紫野院として造成されたところでもありました。そのために、「『紫野院』と紫式部をむすびつけたのではないか」と言われています。

紫式部の「辞世」の謎

紫式部はいつ、どこで、どのようにして亡くなったのか。

つまりは死――「辞世」は、まったく分かっていません。

光源氏の最期を語るはずの「雲隠」の帖には何も記さず、そっくり空白にしてしまいました。それと同様、紫式部の最晩年、死期に関しては、真っ白なのです。

あまりに、謎めいていますね。

私も真似て、この項は空白にしようかとも思いましたが、それでは二番煎じ、三番煎じで、芸がなさすぎです。

何にしても、あれほどに達筆で、勤勉だった紫式部が、「遺書も残さず、辞世の句（歌）も詠まずに、逝ってしまうだなんて……」

ちょっと信じられません。「日記」も、ある意味では中途半端で、「剃髪し、出家した」との話も伝わってはいないのです。

病んでいたのは事実のようですが、「がんばり屋」の彼女のこと、病床にあっても、口述筆記ぐらいのことは出来たでしょう。

唯一、考えられるのは、『源氏物語』のなかの夕顔のように、突然に倒れ、それきり心肺停止で、息を引きとってしまった、ということです。

まぁ、仕方がありません。

諸説あるようですが、『紫式部集』の本篇最後の一首は、以前に同室し、さきに逝った小少将の君のことを書いた加賀少納言の文に、紫式部が返した歌で終わっています。

それをあげて、「辞世の句」の代わりとし、本書の締めくくりとしたいと思います。

亡き人を　しのぶることも　いつまでぞ　今日のあはれは　明日のわが身を

おわりに

まずは、ここで本文では書く場のなかった紫式部のひとり娘・賢子のその後について、明かしておきます。

賢子は、母が亡くなってから、彰子皇太后のもとに出仕しました。諸説ありますが、十六から十八歳のころと言われています。祖父・為時が後見人となっていたので、祖父の官名から「越後の弁」とよばれていました。

しかし為時は、ほどなく出家してしまったため、賢子は何の後ろ盾もなく、宮中につとめることになります。

ただ、母（紫式部）とはちがって、世渡りは上手だったようです。最初の恋人（夫）である藤原定頼は藤原公任の息子であり、つぎの恋人（夫）は道長の甥・藤原兼隆で、子を産んでいます。そのあとすぐに、親仁親王の乳母となりました。

名門の子息らを夫とし、親王の乳母となった賢子は、長暦元（一〇三七）年ごろに高階成章と「所顕」（挙式）をし、正式に結婚します。

成章は正五位下の国司でしたが、親仁親王が後冷泉天皇として即位したことで、賢子とともに昇進し、地方官としては最高位の太宰大弐として従三位に叙せられています。賢子も同様に従三位となり、以後は「大弐三位」とよばれました。

賢子の没年は定かではありませんが、じつに今日ならば百歳を超える、八十近くまで長生きしたと伝えられています。

その賢子が、亡き母・紫式部を慕って詠んだ歌が二首ありますので、ここに原文のみ紹介しておきましょう。

眺むれば　空にみだるる　浮雲を　恋しき人と　思はましかば

うき事の　まさるこの世を　見じとてや　空の雲とも　人のなりけむ

彼女の歌は、「小倉百人一首」にも残されています。

有馬山　いなの笹原　風吹けば　いでそよ人を　忘れやはする

ともあれ、本書を執筆するにあたっては、「岳舎日本史ラボラトリー」のスタッフの皆さんに、たいへんお世話になりました。

わけてもSF作家の松本のぼるさんには、みずから小説を執筆されるかたわら、多くのデータをあつめ、そろえていただきました。本書は彼との「共著」と言っても良いくらいです。また、翻訳家でNHK学園、新・文章教室講師の佐藤美保さんは、校正・校閲の面で、ご協力くださいました。

この場をかりて謝意を表させていただきます。

二〇二三年秋

岳　真也

参考資料文献一覧

新日本古典文学大系『源氏物語一巻～五巻』（柳井滋他校注　岩波書店）
新日本古典文学大系『古今和歌集』（小島憲之　新井栄蔵校注　岩波書店）
新日本古典文学大系『今昔物語集　四』（小峯和明校注　岩波書店）
新日本古典文学大系『蜻蛉日記　他』（今西祐一郎他校注　岩波書店）
日本古典文学大系『近世文学論集』（中村幸彦校注　岩波書店）
新釈漢文大系『白氏文集　一』（岡村繁編　明治書院）
新潮日本古典集成『本居宣長集』（日野龍夫編　新潮社）
『人物叢書　紫式部』（今井源衛　吉川弘文館）
『紫式部とその時代』（角田文衛　角川書店）
『源氏物語の謎』（井伊春樹　三省堂選書）
『紫式部集』（南波浩校注　岩波文庫）
『謹訳源氏物語　私抄』（林望　祥伝社）
『紫式部日記』（山本淳子編　角川ソフィア文庫）

『紫式部ひとり語り』（山本淳子　角川ソフィア文庫）
『紫式部考』（柴井博四郎　信濃毎日新聞社）
『源氏物語　巻一～巻十』（瀬戸内寂聴訳　講談社文庫）
『すらすら読める源氏物語上中下』（瀬戸内寂聴　講談社）
『寂聴と読む源氏物語』（瀬戸内寂聴　講談社文庫）
『全訳源氏物語』（与謝野晶子訳　角川文庫）
『与謝野晶子の源氏物語』（与謝野晶子　角川ソフィア文庫）
『よみがえる与謝野晶子の源氏物語』（神野藤昭夫　花鳥社）
『源氏物語を読む』（高木和子　岩波新書）
『源氏物語の世界』（日向一雅　岩波新書）
『コレクション日本歌人選　紫式部』（植田恭代編　笠間書院）
『清少納言と紫式部』（丸山裕美子　山川出版社）
『平安朝　女の生き方』（服藤早苗　小学館）
『ジェンダーレスの日本史』（大塚ひかり　中公新書ラクレ）
他

紫式部の言い分

著者　岳　真也

２０２４年１月５日　初版発行
２０２４年２月５日　２版発行

岳　真也（がく・しんや）
１９４７年東京生まれ。慶應義塾大学経済学部卒業、同大学院社会学研究科修士課程修了。２０１２年歴史時代作家クラブ賞実績功労賞、２０２１年『翔wing spread』（牧野出版）で第1回加賀乙彦推奨特別文学賞を受賞。代表作に『水の旅立ち』（文藝春秋）、『福沢諭吉』（作品社）、ベストセラーとなった『吉良の言い分』（小学館）。最近作に『行基』（角川書店）、『織田有楽斎』（大法林閣）、『家康と信康』（河出書房新社）など。現在、著作は１７０冊を超える。日本文藝家協会理事

発行者　佐藤俊彦
発行所　株式会社ワニ・プラス
〒１５０−８４８２
東京都渋谷区恵比寿４−４−９　えびす大黑ビル７F
発売元　株式会社ワニブックス
〒１５０−８４８２
東京都渋谷区恵比寿４−４−９　えびす大黑ビル
装丁　橘田浩志（アティック）
柏原宗績
カバーイラスト　はやし・ひろ
編集協力　冨安京子
DTP　株式会社ビュロー平林
印刷・製本所　大日本印刷株式会社

ISBN 978-4-8470-6215-5
ワニブックスHP　https://www.wani.co.jp